徳間文庫

幽霊たちのエピローグ

赤川次郎

徳間書店

目次

幽霊の前半分

失恋

映画やTVに出て来る大学生を見て、

「いったいいつ勉強してんだろう?」

と首をひねったことがないだろうか。

だって、そういう大学生と来たら、いつだって、喫茶店でおしゃべりしているか、大学キャンパスの芝生で寝転がっているか、でなきゃテニスをしているか、女の子の後を追い回しているか(男の子の場合である)……。

要するに、この世にテストや講義なんてものは存在しない、と思っているらしいからである。

しかし、もちろん、そんなことはないのであって、大学には、ちゃんと先生がいて、勉強もするし、テストもあるし、レポートだって提出しなくてはいけない。

ただ、それを真面目にやる学生と、やらない学生がいるだけなのである。

今、ちょっとあまりに「TVドラマ版のキャンパス」そっくりで気恥ずかしくなりそうな風景の中で、陽《ひ》当たりのいい芝生に腰を下ろして、四、五人の女子大生がにぎやかにおしゃべりしている。

「ええー！　嘘でしょ！」

「やだあ、そんな！」

といった間投詞と、弾《はじ》けるような笑い声が会話の半分近くを占めていて、中年の、ひがみっぽくなった評論家からは文句が出そうだが、なに、そんなグチの呟《つぶや》きなんか、この明るい笑い声の前には、太陽の下の豆電球みたいに目につかない。

明るく笑える年齢なのだ。明るく笑えて、笑うことがいくらもあるのなら、誰に遠慮がいるものか。——人は一度、思いっ切り類型に徹《てっ》してみるのも面白いものだ。

ただ、その中でもひとり、比較的さめた子がいて……。何人かのグループができると、たいてい、ひとりはハッと目をひく美人がいるし、ほかにひとりは理知的な子がいる。

「ねえ令子《れいこ》」

と、声をかけたのは、まず誰が見ても、その四人の中では、飛び抜けた美人だった。

「なに？」

振り向いた子のほうも、世間的水準からすれば美人の部類に入るだろう。ただし、小柄で、どっちかといえば「可愛い」ほう。

「麻野《あさの》先生のこと、どうなったの？」

「麻野先生？　先生がどうしたの？」

「いやねえ、令子ったら、とぼけちゃって」

「とぼけるって、何よ？」

「知ってるんだからね、私」

「へえ。じゃ教えて」

「麻野先生と令子、この前の日曜日、ドライブに行ったでしょ」

――好奇心で目を輝かせて令子に迫っている美女は、小浜田秀代《おはまだひでよ》。名門の令嬢で、育ちの良さが、おっとりした顔立ちにも出ている。

顔も良くて、お金もある――が、頭の中身のほうは少々……。もちろん、デートの目的が、サルトルを論じることでなきゃ、相手として申し分のない娘ではある。

「なんだ、そのことか」

と令子は笑って、

「ドライブってわけじゃないわ。博物館へ案内してもらったのよ」

「博物館？」

「そう。個人のコレクションを博物館にして展示してる家があって、そこへ連れてってもらったの。中世の鎧《よろい》やら刀剣やらとお見合いよ。色気も何もないわ」

「なあんだ」

と、小浜田秀代はがっかりしたように、

「ついに、大宅《おおや》令子も中年を相手に、危険な恋におちたのかと思ったのにね」

「残念でした」

と、令子は言った。

大宅令子。――警視庁捜査一課のベテラン警部を父に持つ、十九歳。父、大宅泰司《たいじ》は、かなりいかつい顔つきで、一緒にいてもまず親子とは思われない。ずっと前に亡くなった母親から、令子はその顔立ちを受け継いだのである。

「でもさ――」

と、他のひとりが言い出した。

「麻野先生って、どうしてもてるんだろうね？　私、ちっともいいと思えない」

「好みよ。人は好き好きだもん」

と、秀代が分かったような顔で肯《うなず》く。

好み、かぁ……。

そう。――令子だって、あのときは本当にびっくりしたものだ。てっきり、博物館見物に連れて行ってくれるとばかり思ったのに……。そりゃ、確かに博物館も見せてくれた。でも――。

「――大宅君」

車を突然道の端《はし》に停《と》めて、麻野は言ったのだった。

「僕は君を愛してる」

「は？」

令子が笑い出さなかったのは、奇跡と言って良かったろう。

前もって、何かそんな話をしそうな予感というか、ムードがあったのならともかく、一分前まで、

「中世の農民の食事は――」

てな話をしていて、突然黙り込んだと思うと、そんなことを言い出すのだ。

真面目に受け取れと言うほうが、無理である。

「先生――」

「本気なんだ。年齢は違っているが、僕はそんなこととは関係なく、君を愛している。――君の気持ちを、教えてくれないか」

麻野が、教え子の女子大生を相手に、ちょくちょく遊んでいるようなタイプの助教授なら、令子も冗談に紛《まぎ》らわしてしまったろう。しかし、そうではないのだ。

麻野は三十九歳。――独身で、まあ、取り立てて二枚目とは言えない。

しかし令子は麻野の講義が好きだった。学問への情熱、という、今では少々時代遅

れになったものを、麻野は、持ち続けていたからである。

「先生……」

令子は、少々戸惑いながら言った。

「そんなお話を聞くとは思いませんでした」

「そうだろうな」

麻野は、ちょっと神経質にメガネを直した。

「先生を尊敬していますわ。大学でも一番業績を上げておられるし。でも、私が女として先生を好きになることは、ないと思います」

そんなとき、曖昧《あいまい》に、希望を持たせるような言い方をしては、かえって相手を傷つける、と令子は思った。だから、きっぱりとした口調でそう言ったのである。

「そうか」

麻野は肯いた。

「そうだろうな」

それから令子を見て、いつもと同じ笑顔を見せると、

「いや、びっくりさせて悪かった。帰ろうか」

と、また車をスタートさせたのだった……。

――もちろん、令子は、そのことを、たとえ親友の秀代にも、言う気はなかった。

「――そうだ」

令子は、立ち上がって、

「そういえば、午後は麻野先生の講義ね。私、少し質問があったんだ。先に教室へ行ってるわ」

「あら、もう行くの？」

秀代も立ち上がって、言った。

「秀代、まだここにいれば？」

「いいよ。一緒に行く。どこでだって、座ってりゃ、同じことだもん」

秀代は、大学におしゃべりに来ている、というタイプの女子大生だった。

令子と秀代は、閑散《かんさん》とした、講義室の中へと入って行った。

「令子、哲学史のレポート、やった？」

「うん」

「いいなあ。私、あんなの、どれ読んでもチンプンカンプンで……」

と、秀代は顔をしかめる。

しかめても美人はさまになるのだ。

「適当に引用してつないでおけば？」

令子が適切な（？）アドバイスをしながら、廊下の角を曲がろうとしたとき、急に、走るようにして曲がって来た女性が、令子とぶつかった。

「キャッ！」

と思わず声を上げて、令子の手から、教科書が床へ飛び散る。

「あ、ごめんなさい」

その女性は、ひどくあわてている様子で、

「すみません――私、ちょっと――」

と口ごもるように言って、そのまま、駆けて行ってしまった。

「何なのかしら、あの人？」

と、秀代が呆《あき》れたように、

「失敬ねえ。人にぶつかっといて」

「急いでたんでしょ、きっと」

令子は大して腹も立てずに、落ちた本を拾って、重ねた。

今の女性――たぶん年齢は三十前後。なかなか繊細な感じの、垢《あか》抜けした女性だった。でも、こんなに暖かいのに、コートをはおっていたのが、妙だったけど……。

考えすぎだわ、と令子は思った。

そう。いつもパパが言ってるように、

「お前は、人を見たら泥棒か殺人犯に見えるんだろう」

というのは、ちょっとオーバーとしても、三年前、とんでもない事件に巻き込まれて、命も危《あや》うい思いをしたのは、事実である。

令子自身、未《いま》だにその好奇心は健在だった。

「さ、行こう」

令子は、秀代を促して、廊下を歩いて行った。

もちろん、まだ昼休みなのに、講義室へ来る学生なんて、いるわけもない。教えるほうだって同様だが、麻野は違っていた。

前もって、スライドだの図面だのの準備をするので、いつも早く来ているのである。

「入ろう」

ドアを開け、令子は、階段状になった講義室へと入って行った。

いっぱいに入れば、二百人は入る。たいていは三分の一ぐらいしか埋まっていない。

「先生、いないじゃない」

と、秀代が言った。

「そうね。でも、図面なんかは出てるわ。ちょっと外《はず》してるだけでしょ」

令子は、前のほうの席に教科書を置くと、

「図面が曲がってるね」

と、教壇の上へと上がって行った。

そして、カギに引っかけて下げてある図面の曲がりを直したのだが……。

「――秀代」

「うん？　どうしたの？　何か面白いもの、あった？」

「足が……」

「足？　何の足？」

令子は、図面をわしづかみにすると、体重をかけて引っ張った。図面を下げていた紐《ひも》が切れて、図面がドサッと床に落ちる。

「キャッ！」

秀代が声を上げた。

令子は唖然《あぜん》として、それを見つめていた。

麻野だ。――図面をかけていたカギから縄が下がって、麻野は、それで首を吊《つ》っているのだった。

「令子……。どうしたの？　ねえ、これ、どうしたの？」

「下ろすのよ！」

令子は叫んだ。

「早く、下ろさないと！　まだ助かるかもしれない！」

もう、助からないだろう、と令子は思った。しかし、やれるだけのことはやらなくては。

でも——でも、なぜ？　なぜ自殺なんか……。

令子はハッとした。

「君を愛している」

——麻野はそう言ったのだった。

それが理由？　私が断ったから？——そんな！　そんなことってないわ！

椅子を持って来て、縄を外し、麻野の体を下ろす。

「秀代！　急いで救急車を呼んで！」

「でも——どうしたらいいの？」

秀代は、ただオロオロするばかりだ。

「誰か、事務の人を見つけるのよ！」

「分かったわ。行って来る」

秀代が駆け出して行く。

令子は、麻野の胸に耳を当ててみた。

「——だめだわ」

と、令子は首を振った。

立ち上がって、令子は、気持ちを鎮《しず》めようと、机にもたれた。——その上に、一通の封筒。
遺書？　そうらしい。
令子は、その封筒に手をのばして、ためらった。
開けちゃいけない。そう、これは証拠品なのだから。
でも……。もし、この自殺の原因が私にあったら？
令子は、しばらくためらっていた。早くしないと、秀代が戻って来る。
いや、他の学生たちもやって来るだろう。
中を見て、もし何の関係もなかったら、このまま置いておけばいい……。
令子は、そっと封筒を手に取った。

「――それで？」

と、新村誠二《にいむらせいじ》は言った。

「それで、っと……」

令子は、ちょっと不服そうに誠二をにらんで、

「何か言うことはないの？　『君のせいじゃないよ』とか、『死んじまったものは、もう取り返しがつかないよ』とか」

「ほら、ちゃんと君は分かってるじゃないか。それ以上、僕に何を言えっていうんだ？」

誠二は、ゆっくりとコーヒーを飲んだ。

ホテルのロビー。少し照明を落としてあると、面白いもので、何となく話し声も低くなるのである。

「意地悪ね」

と、令子はため息をついた。

「自分でそう思ってても、他の人にそう言われると、ホッとするものよ」

「君らしくもないぜ。そんな弱気なことを言うなんて」

令子は少々不満である。そりゃ、私が男まさりだってことは認めるわよ。無鉄砲だし、おてんばだし、恋の詩を作る能力よりは、大の男を二、三人相手に格闘するほうがまだ得意だってことは。

でも、いつまでも同じじゃない。私だって十九なんだからね……。

「どうしたんだい？」

と、誠二は不思議そうに言った。

「別に。──仕事、忙しいの？」

令子は話題を変えた。

新村誠二は、フリーのカメラマンである。今年二十七歳。

令子よりはだいぶ年上だが、少なくとも、令子が十六歳のころから、「恋人」としてもつきあって来ている。

二十七歳にもなれば、男だってだいぶ落ちついて来るものだが、誠二の場合は、活動的、かつ自由な仕事柄か、いつまでも二十歳そこその若々しさを保っていた。

一方の令子が、十九歳になり、大学生になって、だいぶ女らしい所も出て来たので、何だか今ではこのふたり、あまり年齢《とし》が変わらない感じである。

「うん、このところ、週刊誌の仕事をいくつも抱えているんでね。アシスタントと、飲みにも行くし、結構楽じゃないよ」

「でも、出世したんだから」

と令子は微笑《ほほえ》んだ。

「出世か。――ただ、助手がひとりできたっていうだけだぜ」

誠二は、ちょっと照れたように笑って、ロビーを見渡した。

「君の親父《おやじ》さん、何の用なのかな？」

「知らないわ。私だって、ただ、ここへ来るように言われただけだもん」

令子は、レモンスカッシュを飲んで、そのすっぱさに目を丸くした。

「――ああ、目が覚めた！」

「僕をわざわざ呼んで、何かあるのかな」

と、誠二は苦いコーヒーをぐいと飲みほす。

こちらも、目を覚ます効果がある。――しかし、間もなく、令子も誠二も、もっと目が覚めるような出来事に出くわすことになる……。

「おお、待たせたな！」

大宅泰司が、いつに変わらぬずんぐりした体つきで（そう変わったらおかしいが）、やって来る。

「パパ、遅いじゃない」

と、令子が苦情を言って立ち上がると、

「へえ、ずいぶんめかしこんでるのね」

大宅が三つ揃いなど着込むのは、年に一、二度あるかないか、である。

「うん。——どうだ、このネクタイは?」

令子は、戸惑った。

令子は、母親がいないから、その代わりに、父の着る物などを選ぶ役目である。ネクタイだって、黙っていれば、大宅は同じものをすり切れるまでつけているに違いない。

いつも、令子は父に似合いそうなネクタイを見ると、買って来るようにしていた。

しかし——今、父が締めているのは、どう見ても、令子が選んだものではない。

令子だって、買ったネクタイを全部憶《おぼ》えてはいないが、それでも、自分が決して選ばないものは分かる。

決して趣味が悪くはなかったが、令子なら買わない柄のネクタイだった。

「なかなかいいわよ」

と、令子は言った。

「どうしたの？　何かの記念にもらったの？」

大宅は、ただニヤリとしただけで、誠二のほうへ向かって、

「久しぶりだな。元気かね」

と声をかけた。

「ええ。今夜は、何かご用とか——」

「そうなんだ。ま、レストランへ行こう。そこで君に頼みたいことがある」

三人は、エレベーターのほうへと歩き出した。

「今夜は暑いな」

と、大宅は、ハンカチを出して、顔をぬぐった。

「そう？　涼しいと思うけど……」

「うん。まあ——しかし、何だ。人生ってのは色々なことがある」

「え？」

「いや、ただ何となくフランス料理は面白いと思ってな、ハハハ……」

何が何だか分からないことを口走る父を、令子は、不安な思いで眺めていた。

パパ、過労で少しおかしくなったんじゃないかしら？　——今、いくら貯金があったっけ？　パパがすぐには死なないとして……。

令子が、かなりクールに計算をしている内に、三人はホテル最上階のレストランへ

入って行った。

ちゃんとテーブルが予約してあったのにも令子はびっくりした。大宅は、およそ、そんなことに気が回る性質《たち》ではないのだ。

これは、父に何かとんでもないことが起こったに違いない、と令子は思った。

「大宅だが――」

と父が名乗るのも、いつもよりずっと格好をつけている。

「お待ちしておりました」

支配人らしい男が、丁重《ていちょう》に、およそ顔なじみのはずがないこの客に向かって微笑みながら言った。

「こちらでございます」

と、歩き出しながら、

「お連れ様は、おみえでございます」

――お連れ様？

令子は、いやな予感がした。名探偵なら、当然の結論を出しておくべきだったかもしれないが、いくらドライな令子でも、そこまでを要求するのは酷《こく》というものだっただろう……。

大宅は、よほど前に、そのテーブルを予約しておいたのに違いない。というのも、ほとんどのテーブルが埋まっていたのに、令子たちが案内されたのは、美しい夜景を見下ろす、一番いい席だったからである。

ひとりの女性が立ち上がった。

大宅が、いやに空咳《からせき》をして、

「紹介しよう。──娘の令子と、それから、これがボーイフレンドの新村君だ」

「どうも──」

と、誠二は頭を下げたが、令子のほうは、じっと黙って突っ立っていた。

「それで──ええと──令子、こちらは、その──緑川涼子《みどりかわりょうこ》さんといって……」

その後に続ける言葉を、大宅は考えておかなかったらしい。だが、その女性──緑川涼子は、すぐにひき取って、

「緑川です。初めまして」

と、爽やかな声で挨拶したのだった。

小浜田秀代は、坂道を、ゆっくりとのぼっていた。

のんびりと散歩したかったわけではない。だいたい、もう夜の十一時を回っている。

こんな住宅地の静かな道を、ひとりで歩くというのは、いくら現代っ子の秀代でも、あまりいい気持ちのものじゃなかった。

「フン……」

と、秀代は呟いた。

「誰も知っちゃいないんだわ」

少々酔っている。いや、かなり、かもしれない。

いつもなら、必ず男の子と一緒で、当然帰りは送って来てくれるのだが、今夜は違っていた。ひとりで飲んでいたのである。

何かあったね？

なじみのスナックで、そう言われた。——秀代は、笑って相手にしなかった。

ふられたってことはないよな、秀代君に限って。

——スナックのマスターが、そう言って、冷やかすように笑った。

ふられるはずがない、か……。

「分かっちゃいないのよね」

と、また呟く。

秀代は、ともかく美人だから、誰からも同情してもらえない。——まさか秀代が失恋するなんて、誰も考えないのである。

でも、実際には——秀代には恋人と呼べるほどの男はいない。

ボーイフレンドはいくらでもいるのだが、そこから先は、みんな尻ごみしてしまう。

でも秀代が拒《こば》んでいるわけじゃないというのは、言っておかなくてはなるまい。それでも、秀代を口説《くど》こうとする男はいない。

要するに、秀代の悩みは、もてないことなのである。みんなが、もてて困るに決まっていると思い込んでいるのとは正反対だ。

美人というのは、眺めるにはいいけど、実際につきあうにはお金もかかるし、プライドも高いし、競争相手も多いし……。

こういう思い込みが、結局、男の子たちを秀代から遠ざけてしまう。

ところで、今夜、秀代が酔っているのは、もてない悩みからではない。

「麻野先生……」

フラフラと坂をのぼりながら、秀代は、呟く。――そう。自殺した麻野のことである。

「死んじゃうなんて――ひどいじゃないの」

と、恨みごとを言っている。

やっと、坂をのぼり切って、秀代は足を止めた。くたびれてしまったのだ。いつも通っている道なのに。

もう少しで、自宅である。――ベッドに転がり込んで、死んだように眠るんだ。

でも、たどり着けるかしら?

家まで、部屋のベッドまで、歩いて行けるだろうか？

自信はなかった。でも、たぶん——何とかなるわ。

しかし、秀代は、そこまで歩く必要がなかった。

車が、秀代のほうに向かって、走って来た。ライトが、まぶしく目を射て、秀代は目を細めた。

車が、秀代のすぐわきで、ピタリと停まった。

そしてドアが開く。しかし——誰も、車から出て来なかった。

風が吹き抜けて、秀代は、急に酔いがさめるような気がした。ドアは開いて、彼女に乗れと促しているようだ。

「どなた？」

と、秀代は言った。

車の中に誰がいるのか、分からなかった。少しためらってから、秀代は身をかがめて、車の中を覗《のぞ》き込んだ。

ハンドルを握っていた男が、秀代のほうへ顔を向けて、微笑んだ。

秀代は目を見開いた。——夢かしら、これは？　だって——だって——。

「麻野先生」

と、秀代は言っていた。

「記念撮影なんて！　馬鹿みたい。子供じゃあるまいし」

令子は、八つ当たり気味である。

もっとも、そばには新村誠二しかいないから、結局、彼に当たることになるのだったが。

「あなた、プロのカメラマンでしょ？」

「そうだよ」

「恥ずかしくないの？　あんな――くだらない記念写真なんか撮って、まるで子供の遠足じゃない」

「おいおい」

と、誠二は苦笑して、

「どうしたんだ？　いつもの令子なら、親父さんが再婚するからって、そんなにダダをこねたりしないぞ」

「悪かったわね」

令子は、ふてくされていた。

少々酔ってもいる。アルコールも、大学に入ってからはだいぶ強くなった。

ホテルのバー。本当なら、誠二の収入では、とても入れる所じゃないのだが、緑川

涼子との食事の後、大宅は、誠二に、

「令子と、どこかでおしゃべりでもして来たまえ」

と、いくらかのおこづかいを渡してくれたのである。

「私だって、パパが再婚するのに反対してるわけじゃないのよ」

と、令子は言った。

「じゃあ、何だい？」

「再婚の話を、今まで私に隠していたっていうのが気に入らないの！」

誠二は笑って、

「照れくさかったのさ」

と言った。

「それにしたって……」

令子が怒っているのは、半分は自分に、である。つまり、父が再婚を決心するまでに、いくつかの段階があったはずなのだが、それに気づかなかったのが、悔しいのである。

「――でも、なかなかきれいな人じゃないか」

と、誠二は言った。

「うん……」

そう。その点は、令子も認めざるを得ない。

でも——何だか、緑川涼子を見たとき、妙な気がした。

どこかで会ったことがあるように思えたのである。

でも、どこで会ったのか、いくら考えても分からない。

「——大変なことが続いたわ。麻野先生の自殺。パパの再婚……」

「いやなことといいことで、プラスマイナス。世の中はそうできてるのさ」

と、誠二は言って、ちょっと咳払いした。

「何よ、パパみたいなことして」

と、令子はからかった。

「いや、同じようなことをするのは、これからだ」

「え？」

「どうだい。君のお父さんも奥さんが来れば、もう君があれこれやってあげなくてもいい。君はまだ十九だから、若いけど、でも僕はもう二十七で、そろそろ家庭ってやつを持ってもいいかなーと思ってるんだ」

「誠二さん……」

令子は少し面食らっていた。これ——どう見たって——。

「どうだろう？　僕もまだ名カメラマンってわけじゃないけど、一応食べていくぐらいの収入はある。ま、ぜいたくはできないけど、そこそこにやる分には……。それに今は、学生結婚も珍しくない時代だし――」

「ねえ」

と、令子は遮《さえぎ》って、

「早く、結論を言ってくれない？」

「う、うん」

誠二は、また咳払いした。

「つまり――その――結婚したらどうだろう」

「誰が？」

「君が。いや、もちろん結婚には相手ってものが必要で、この際、色々と問題はあるにせよ……」

誠二は、フウッと息をついて、

「疲れた！　もうだめだ！」

「息切れしたの？」

「結婚してくれ」

と、誠二は言った。

「要するに、そう言いたかったんでしょ？」

令子は笑いながら言った。

「で、どうだろう?」

「考える時間を与えるものよ」

「そうだね。うん。もちろんだ。——いつまで考える?」

「そうね」

と、令子はとぼけて、

「決まるまでね」

と肯いてみせた。

非行中年

「ウーン」

令子は呻《うめ》いた。

別に、二日酔いではない。まだ朝になっていないのである。

電話が鳴り出して、起こされたのだった。

「何よ、いったい……」

ブツブツ言いながら起き上がる。

時計を見ると、午前二時である。

欠伸《あくび》しながら受話器に手を伸ばす。――ベッドから手が届くようになっているのだ。

「はい、大宅です」

と言った――つもりだが、果たして向こうにそう聞こえたかどうか。

「令子さんですか？　こんな時間に、ごめんなさい」

女性の声。誰だっけ？

「あの――小浜田です。秀代の母ですが」

「あ、秀代の――いえ、秀代さんのお母さん。どうも失礼しました」

「令子さん、秀代まだ帰らないんです。ご存知ない？」

「え？」

令子は、少し目が覚めた。

「今までこんなことなかったのに……」

「そうですね。――私、何も聞いてませんけど」

令子は、あまり心配しなかった。

「誰か、お友だちの所にでも泊まってるんじゃないですか？」

「心当たりはかけてみたんです。でも、どこにも……」

「そうですか」

でも大学生なのだ。そう心配することもないのじゃないか、って気がする。

「どこかへ泊まるときは、いつも電話して来るんですよ、あの子。それが今日に限って――」

「心配ですね。でも、秀代さん、しっかりしてるから」

「でも、あの子、このところ、おかしかったんです」

令子は、ちょっと意外な気がして、

「秀代さんが、ですか？」

と、訊《き》き返した。

「ええ。誰か恋人がいたらしいんです」

「そりゃ、秀代さん、美人だから」

と令子は素直に言った。

「ええ、私とよく似てますの」

と、母親のほうも素直に（？）同意した。

「ですけど、令子さん、あの子の恋人、中年の男性だったみたいなんです」

「中年？　学生じゃないんですか？」

これには、令子もびっくりした。

「そうじゃないそうです。いつか問い詰めたら、中年の人だと……」

「誰だか分かります？」

「いいえ、それまでは。でも――ただのおつきあいじゃないようですわ」

「秀代さんが……。知りませんでした」

「じゃ、令子さんもご存知ないのね。――分かりました。連絡があるのを待ちますわ」

「きっと大丈夫ですよ」

いささか無責任に請《う》け合って、電話を切った。しかし、確かに少々心配ではある。

「──そうだ。パパ……」

父の寝室を覗いて、令子は、びっくりした。父のベッドに、父と女が──いや、それは一瞬の幻で、ベッドは空っぽだった。

「まだ帰ってないのかな？」

マンションの中を捜したが──捜すほど広くもないくせに──父の姿はない。

「こんな時間まで、どこを遊び歩いてるんだろ？」

令子も、少し目が覚めてしまったので、台所へ行って、寝る前に作ったコーヒーを、温めて飲んだ。

また電話が鳴っている。

──きっとパパからだわ。それとも、秀代が帰ってかけてるのかも──。

「はい、大宅です」

「やあ、令子君！　起こしちゃったかな」

元気のいい声が飛び出して来る。

「藤沢《ふじさわ》さん！　お久しぶりね」

と、令子は言った。

父の部下で、有能な刑事。三十三歳で、未《ま》だ独身である。

「警部、いる？」

「パパ？　いないのよ、それが」

「そうですか。いや、いくら呼び出しても、出ないいんだよ」

「パパねえ……。今夜は、ちょっと無理かもよ」

と、令子は言った。

「具合でも良くないの？」

「良すぎて問題」

と、令子は言った。

「というと」

「恋人ができましてね」

「そんなにびっくりしちゃ失礼よ」

「警部に？」

と、令子は笑った。

「従って、今夜帰るかどうかは不明」

「そうか。しかし、至急連絡が――」

「事件？」

「うん。殺人なんだ。――もし、連絡があったら――」

「分かったわ。すぐ電話させる」

「頼むよ。僕は現場に行ってるから」

「ね、事件、面白そう？」

「相変わらずだね」

「被害者は？」

「女子大生。君のお仲間さ」

「へえ。まさか私の大学じゃ――」

「ところが、そうなんだ」

令子は、ちょっと言葉が出なかった。

「――本当なの？」

「うん。知ってるかな、小浜田秀代っていう子――」

まさか……。まさか。――まさか！

「秀代が？」

「知ってるのかい？」

「親友よ。ついさっき、親ごさんから、電話があって……」

「そうか。そいつは気の毒だな」

「ね、本当に、彼女が殺されたの？」

「確認に来てくれるかい？」

「ええ、もちろん！」

もはや、眠気はどこかに吹っ飛んでしまった。

藤沢から場所を訊いて、急いで令子は支度《したく》をした。メモ用紙を残して、大急ぎでマンションを出る。

もちろん、外は真夜中である。

タクシーで向かいながら、令子は、やっと驚きから立ち直っていた。

秀代が――殺された。

令子は、たまたま秀代の母親から、秀代の恋人のことを聞かされていたので、結びつけて考えないわけにはいかなかった。

「中年の男が……」

秀代は美人だから、中年の男にもてたって不思議はないが、逆に秀代のほうにも、そういう趣味がないと、恋愛関係は成立しない。その点、令子には少々疑問だった。

つまり、もともと年上の男性が好みなら、令子もそれを知っているはずである。しかし、今まで、秀代から、そんなことを匂《にお》わす言葉は聞いた憶えがなかったのだ。

それに、よほどの異常者でもない限り、いくら仲がこじれても、いきなり殺したりはしないものだ。長い間かかって、こじれにこじれる、というのが普通である。

秀代は美人だが、頭のほうは、やや単純にできている。恋人との間が、うまく行かないとか、こじれているとかいうのに、令子がそれに気づかなかったというのは……。もし、本当にそうなのだったら、令子としては、勘が鈍《にぶ》ったことを認めないわけにはいかない。

いやね。まだこんなに若いのに。——半ば本気で、令子は考えていた。

「——どう?」

と、藤沢が言った。

やはり気は重かったが、

「間違いないわ」

と、令子は言わざるを得なかった。

そう。——確かにそれは、秀代だったのである。

「いったいどうしてこんなことに……」

と、令子は呟いた。

ビルの裏手。——人目につかない場所に、一台の車が停まっていた。

「この車の中で死んでいたんだ」

と、藤沢は言った。

「彼女の車じゃない。今、持ち主を当たっている」

「そう」

令子は肯いた。

「死因は？」

「一酸化炭素中毒」

「何ですって？」

「車の排気ガスだよ。車の中へ引き込んで——」

「待ってよ、藤沢さん」

と令子が遮《さえぎ》ると、藤沢は心得たもので、

「分かるだろ、もちろん？」

と、言った。

「まさか——秀代は自殺？」

「もしくは心中だ」

「心中、ね」

令子は車へ目をやった。

「自殺しそうな心当たりは？」

「ないわ、——いえ、もちろん、私だって、秀代の恋人も知らないくらいだもの、他にも色々、知らないことはあると思うけど、でも自殺じゃないと思う。秀代、そういうタイプじゃないもの」

「心中も?」

「無理心中なら、ね」

「その可能性が大きいな。——詳しいことはまだ分からないけど、睡眠薬でも飲ませて、眠っているところへ排気ガスを……」

「でも、心中はひとりじゃできないわよ」

「よく知ってるね」

「馬鹿にしないでよ!」

と、令子は藤沢をつついた。

「男は、怖くなって逃げた、とも考えられるね」

「そうか。じゃ立派な殺人だわ」

「その通り。——君も、この子の恋人は知らないんだね?」

「ええ」

令子は、秀代の母親の話を聞かせて、

「私、そんな年上の恋人なんて、初耳だった」

「すると、母親も知らないのか。そいつは参ったな」

藤沢は渋い顔になった。

「他の友だちにも当たってみるわ」

「頼むよ。――本当は令子君を巻き込むと、警部に叱られるんだけど」

「本人が事件を放ったらかして、どこかへ行っちゃってるんだもの。文句なんか言わせないわよ」

「どこへ行ってるんだい？」

「再婚するらしいの」

「へえ」

藤沢は、ちょっとポカンとして、

「君がかい？」

「私がいつ結婚したのよ」

「そうか。それじゃ――警部が？」

「当たり前でしょ」

「ふーん」

藤沢が何か言いたそうにしたが、思い止《とど》まったらしい。

「私にも黙って、よ。失礼しちゃうわ」

「何が失礼だ？」

大宅の声がした……。

「パパ！　いつ来たの？」

「うむ。とっくの昔だ、と言いたいところだが、五分ほど前だ」

大宅は、小浜田秀代の顔を眺めて、

「お前の友だちか」

と訊いた。

「そうなの。今、ご両親、駆けつけて来るところよ」

令子は、父の顔を眺めて、

「で——いかがでした、デートは？」

「冷やかすな」

大宅は苦笑した。

そう。友人が死んだのだ。もっと悲しそうにしていなくては……。

でも、だからこそ、少し冗談でも言っていなければやりきれないのである。

「——心中のやりそこないか」

と、現場を見て大宅は言った。

「私、帰るわ」

と、令子は言った。

「秀代のご両親に会うの、辛くて」

「そうしたほうがいいな。お前もショックだったろう」

「もちろんよ」

令子が歩き出したとき、若い刑事がひとり、走って来た。

「警部！　おいででしたか」

「いちゃ困るのか？」

「いいえ、とんでもない。ただ、藤沢さんが、『偉い人がいないときのほうが、よく仕事ができる』とよくおっしゃってるので」

大宅はジロッと藤沢をにらんだ。

「それから、車の持ち主が分かりました」

「そっちを先に言え」

「はい」

「誰なんだ、持ち主は？」

「記録によると、大学の助教授ですね」

令子は、ふと刑事の顔を見た。

大学の？　――しかし、同じ学校なら、不思議はない。

「当たってみよう。名前は？」

「はい、麻野という男です」

令子は、また目が覚めてしまった。

手紙

「麻野先生と秀代？」

「まさか！」

翌日の――正確にはその日の――大学は、やはり事件の話でもちきり、かと思うと、さにあらず。

大学ともなると、友だちや恩師も、遠くなってしまう。

「ひどいことになったわねえ」

と、ひとりが言った。

確かに、男の学生の中には、秀代の死で、ショックを受けている者が、少なくないはずである。

「それに、麻野先生は、先に死んでるんだから、秀代を殺せやしないわ」

と、令子は言った。

「じゃ、他の誰かが、先生の車を使って――？」

「でも妙な話よ。秀代なんか、目立つ人だったんだから、先生と何かあれば、分かるはずよね」

「じゃ、令子は他に犯人がいる、と思うのね?」

「そりゃ当然よ」

令子は、固く手を握りしめた。

「必ず犯人を見つけてみせるわ」

いつも、そういう放言をやらかすから、大変なのである。

「心当たり、あるの?」

「ないでもない」

と、令子は気取って言った。

「ともかく麻野先生の車を使ったんだから、何か関係のあることは、確かなようね」

令子は、友だちと四人で芝生に座っていた。

「――失礼します」

目の前にいきなり緑川涼子が現れたので、令子はびっくりした。

「あ――どうも」

ペコンと頭を下げる。

「ごめんなさい。お話し中のところに」

「いいえ、大した話じゃ……。ね、みんな、ちょっと外して」

令子は、きっと後で、あれこれ訊かれるだろうな、と思った。それでも一応、みんな、言われた通りにその場を外した。

「——何だか、お友だちが亡くなったとか」

と、緑川涼子が、令子と並んで座る。

「ええ、殺されたんです」

「お気の毒ね。——よく知ってらしたの？」

「ええ。親友同士でした」

「そう。若い内に、命を落とすなんて、こんなひどいことって、ないわね」

涼子が、いやにしんみりと言うので、令子は、何だか妙な気がした。

「あの、何かご用ですか？」

「ごめんなさい、つい、そのお友だちのことを考えていたものだから……」

涼子は令子のほうへ向いて、

「お父様と私のことだけど、令子さんはどう思っているの？」

こうまともに訊かれると、令子としてもまさか、

「気に入りません」

とも言えない。

「別に――」

と、令子らしからぬ、曖昧《あいまい》な言い方になった。

「でも――大宅さんと私が結婚すれば、私たち、親子になるわけでしょ」

「そうですか」

「そうよ」

涼子は、ちょっと笑みを浮かべて、

「私のこと、気に入ってないんでしょ？」

と訊いた。

「気に入るとか入らないとか、申し上げるほど、あなたのこと知りませんもの」

「そうね。でも、第一印象っていうものがあるでしょう？」

「関係ないじゃありませんか。私と結婚するわけじゃなし。パパがあなたを気に入ったのなら、私、構いません」

「私、あなたにも気に入っていただきたいのよ」

令子は、何とも言わなかった。――涼子は立ち上がると、

「じゃ、またその内、お目にかかるわ」

と会釈《えしゃく》して、歩いて行ってしまう。

「変なの」

と、令子は呟いた。

わざわざ、あれだけのことを話しに、こんな所までやって来たのかしら？

「ヒマなのね」

と、令子は結論を出した。

でも、少し反省もしている。

何もあんな風に、素っ気なくしなくても良かった。

何といっても、父の再婚相手になろうという女性である。もう少し、打ちとけてもよかったかも……。

でも、今さら遅いや。令子は肩をすくめて、立ち上がった。

——まだ少し時間はあったが、一緒にいた仲間たちも、どこへ行ったのか、姿が見えない。令子は、麻野が自殺した、その講義室へ行ってみることにした。

——もちろん、中は空っぽだった。

午後、すぐに使う予定もないらしい。

令子は、一番前の席について、教壇を見上げた。

「——どうして自殺したんだろう」

と令子は呟いた。

バッグの中から、あの手紙を取り出す。

——麻野の遺書である。

文面は簡単だった。

〈報われない愛の重さゆえに、この道を選ぶことにした〉

それだけだ。——令子としては、この手紙を届け出なくてはいけないことはよく分かっている。

ここには令子の名は書いていないから、隠す必要もなかったのだが、今となっては、かえって出しにくい。

どうして今まで黙っていたのか、訊かれたときに返事ができないからだ。

これは、自分のことだろうか？

麻野は、プレイボーイというわけではなかった。あちこちかけもちして、こっちが
だめならあっち、というタイプではない。

そういうタイプなら、自殺もしないだろうけど。

しかし——気になっていることは、他にもあった。

たとえば、場所のこと。

なぜ、こんな所で死んだのか。他に、ふさわしい場所がなかったとも思えない。

それに麻野は、いわば職場に誇りを持っている、古いタイプの学者だった。お金に
ならなくても、研究一筋の生活をする、という性格だ。

その麻野が、教壇で自殺するなんて……。

どうにもピンと来ないのである。

そう——もしかすると、麻野の死も、自殺ではなかったのかもしれない。

令子は、そう感じていた。

じっと教壇のほうを見ていると、背後で、ドアの閉まる音がした。振り返ってみたが、誰もいない。

何だか——いやな予感がした。

こういう予感は、よく当たるのである。

「誰かいるの？」

令子は、階段状の部屋の中を、ゆっくりとのぼって行った。確かに、誰かが、入って来たのだ。

「ねえ、誰なの？」

令子は、一番上の段へ足をかけた。

突然、大きな布が目の前に広がって、スポッと頭からかぶさって来た。

「何するの——」

手で払いのけようとして、令子は、下腹をしたたか殴られた。苦痛で体を曲げたところへ、後頭部へ一撃。

――アッサリと、令子は気を失ってしまったのだった。

――寒い。

身震いして、令子は、ハッと気がついた。

お腹の重い痛みで、すぐに殴られて気を失ったことは思い出した。しかし、今は、それよりも手足の痛みのほうだった。

手首、足首、固く縛り上げられている。

それに口の中は布を丸めて押し込んであり、声が出せない。少し体を動かしたが、後ろ手に縛られているうえに、それがどこかに結びつけてあるらしく、転がることもできなかった。

ここは？　――どこだろう？

寒い。いやに寒いのだ。

いくら何でもこんなに寒いなんて……。

暗い部屋だった。地下室？　――それとも、どこか違うようだ。

固い床。そして、妙な形の、白い塊《かたまり》……。

どこかで見たわ、と思った。そう。――大学の中で。

令子はハッとした。――冷凍室！

化学実験用の冷凍室だ！

目を上に向けると、太いパイプが、クネクネと天井を這《は》っている。シューシューという音。

冷気が、ゆっくりと下りて来る。

思い出した。一度、見せてもらったことがあるのだ。中に入っている、白い岩みたいなのは、確か南極から来た氷なのだ。

北極だったかな？　――そんなこと、どうでもいい！

この部屋、確かいつでも、マイナス十五度ぐらいにしてあるはずだ。寒いわけである。

このままじゃ、凍死《とうし》してしまう。令子は、縛られた両足を、ドンドン、と床に叩きつけた。

誰かが聞きつけてくれたら。――早くしてよ！　風邪ひくじゃないの！

ブーン、と何かが唸《うな》るような音がした。

令子は青くなった。もともと寒いから青くなっていたはずだが、もっと青くなった。

ぐっと冷え込んで来たのだ。誰かが冷凍を強く効《き》かせたのである。

ここへ案内してもらったとき、マイナス三十度には、数分でなると聞かされた。

マイナス三十度！　猛烈な寒さをまだ感じていないのは、風がないからだ。

が――全身が、冷えて来た。冷気が、スッポリと身体を包んで来る感じだ。

誰か！　誰か来てよ！

令子は必死で暴れた。氷を、床を、けとばした。出ない声を、何とか絞り出した。

しかし、いっこうに、人の来る気配はない。

いくら暴れても、マイナス三十度をはね返すことはできない。徐々に、手足の感覚がなくなって来る。

ああ……。ここで死ぬのかしら？

いやだわ、みっともない。

「あいつは冷たい女だったからな」

なんて、悪口を言われるかもしれない……。

冗談じゃないわよ！　死んでたまるか！

まだ、恋も結婚もしてない！　夕ご飯も食べてない！　おやつも夜食も――。

令子の必死の抵抗を嘲笑《あざわら》うように、冷気が白い霧のように、渦巻き始めていた……。

ああ……。もうだめだ！

足がしびれて来た。いや、感覚がなくなって、動いているのかどうかも、よく分からないのである。

呼吸すると、鼻の中がピリピリと痛い。空気が冷たいからだろう。でも――痛いと思える内はまだいいのだ。

何とかしなきゃ……。でも……。

誠二さん。――この場になって、恋人のことを思い出したのは、やはり令子も女であるということを立証したわけである。

(こんなことを言ったら令子にけっとばされるかもしれないが)。

頭がボーッとして来た。眠い、というのとも少し違う。ただ、重い感じがして……。

誠二さん。――私が死んだら、いつまでも悲しんでないで、誰か他にいい女《ひと》を見つけて幸せに――なったら承知しないからね！　化けて出てやるから！　この薄情者！

やはり、こんなときでも令子は令子なのである。

かくて――ここでヒロインが死んじまうと、物語もおしまいで、それでは枚数が足らないので――といういい加減な理由から――というわけでもないが……。

ぼんやりとした意識の中で、令子は、冷凍室の扉が開くのを見たような気がした。

これは幻覚かしら？

ズルズルと床を引きずられて――冷凍室の外へ転がり落ちて、令子は床のコンクリートに、したたか頭を打ちつけた。

「痛い！」

と、思わず声を上げた――かどうか、ともかく、そのまま気を失っていたのである。

熱いタオルが、スッポリと顔を包む、その感覚で、令子は意識を取り戻した。

ああ、気持ちがいい！　――その熱さが逃げて行くのが、残念でならなかった。

「いかが？」

タオルがスッと取り去られて、令子が目を二、三度パチパチさせると、そこに、可愛い女の子の顔が現れた。

女の子といっても、たぶんもう十五、六歳――。子供とは言えない年齢だが、ともかくどの雑誌のグラビアを飾ってもおかしくない愛らしい顔立ちだった。

「あなたは……？」

令子は、声を絞り出すようにして、言った。何だか喉が妙にいがらっぽい。

「無理に声を出さないほうが」

と、その少女が言った。

「軽い凍傷《とうしょう》にかかってるんですよ」

令子は、ソファに横たわっているようだった。――ん？　何となく見憶えがある部屋だ。

それもそのはずだった。令子自身のマンションなのである。

「私――いつの間に、ここへ――」

令子はわけが分からなかった。

「ずっと意識を失ってたから。でも良かったわ。あと五分遅かったら、命にかかわってたでしょう」

と、その女の子は言った。

「今、熱いスープを作ってますから」

「ありがとう」

令子は一応礼を言った。

「あなたが助けてくれたの？」

「その通り、と言いたいけれど、正確には私じゃありません」

と、少女は微笑んだ。

「というと――」

「駆けつけたとき、冷凍室の外で、令子さんが気を失ってたんですよ」

「そう……」

令子は、まだ少々スッキリしない頭を振って、

「それで――あなた、誰なの？」

「私、麻野礼子《あさのれいこ》です。〈礼儀〉の〈礼〉と書きます」

令子は、〈礼子〉のほうより、〈麻野〉のほうが気になった。

「麻野って……。亡くなった麻野先生のご親戚？」

「私、娘です」

「へ？」

令子は思わず、はしたない（！）声を上げてしまって、あわてて咳払いをした。

「失礼。ちょっと——まだ変な声が出るみたい。でも、麻野先生、独身で……」

「ええ。私の母とは結婚しなかったんです。でも、ずっと親子として、会っていました」

令子は、しばらくはまだポカンとしていた。

訊かなきゃいけないことが山ほどあって、どうにも整理がつかない。

「ともかくスープでも——」

と、その麻野礼子が運んで来てくれたのを、まずはありがたくいただくことにした。

「——おいしい！」

令子は心の底からホッとして声を上げた。本当に、生きてる、って感じである。

「ちょっと辛《から》めじゃありません？」

と、礼子が訊く。

「そんなことないわ。とてもおいしい」

「良かったわ。誠二さんに言われたんです。『君の作る料理は辛めだね』って」

「そうなの」

と、肯いて、令子……。

「誠二――さん？」

「ええ。ご存知でしょ、カメラマンの新村誠二さん」

ちょっと待ってよ！　どうなってるの、これ！

令子は、必死で気持ちを鎮《しず》めた。

「あなた――誠二さんを知ってるの？」

と令子は訊いた。

「ええ。とても優しくて、いい人ですね。私、誠二さんの面倒をみてあげるのが楽しみなんです」

「あ、そう」

誠二の奴め！　こんな可愛い子をそばに置いといて、そ知らぬ顔で私にプロポーズなんかして！　許さんぞ！　――と、いささか時代劇調になる。

すると、ドアが開いて、当の誠二が入って来たのである。

「やあ、気がついたか。――大丈夫かい？」

「ええ、生きてるわよ」

と、令子はキッと誠二をにらんで、

「残念でした！」

と言ってやった。

誠二はキョトンとして、令子を眺めていた……。

モデルとカメラマンの微妙な関係

ことの次第はこんな風だった。

「よし！　もうワンカットで終わりだからね！」

誠二はファインダーから顔を上げた。

「今度は、少し踊ってみてくれないか、礼子ちゃん。動いてるところを狙いたいから。

――おい、八十ミリ」

アシスタントが、レンズを替えたカメラを持って、飛んで来る。――かつて誠二も、こういう仕事をしていた。

カメラマン希望の若者というのも、ずいぶん多くなった。誠二が写真学校などに通っていたころに比べても、ふえているのは確かである。

「誠二さん。ちょっと時間ちょうだい」

と、スタイリストの女性が声をかけて来る。

「アクセサリーをかえるから」

「OK。じゃ十分休憩。——おい、フィルム、あと三本用意しとけよ」

とアシスタントに言いつけて、誠二はスタジオの隅へと歩いて行き、自動販売機のコーヒーを飲んだ。

やれやれ……。今では、雑誌の仕事が定期的に入るし、だいぶ顔も広くなって、安定して来た。

しかし、カメラマンになりたてのころは、それこそ貧乏暮らしで、令子に求婚するなんて、考えられなかったのである。もっとも、そのころはまだ令子も十五、六だった。

カメラマンが〈自由業〉で、サラリーマンみたいに束縛《そくばく》されない、というところに憧れて、この世界へ入る若者が多い。——とんでもない話である。

ニュースカメラマンにしろ、ファッションカメラマンにしろ、一人前になるまでの辛さは、サラリーマンの比じゃない。しかも定収入もなく、ベテランのカメラマンに怒鳴《どな》られ、こき使われて……。

なまじカメラそのものが改良され、レンズも良くなって、ちょっと訓練すれば、一応ピントの合った写真が撮れる。

それだけで、「写真の腕」まで上がったような気になってしまう若者が、いくらもいる。

だが、相対的に、目をみはるようないい写真は減っている、というのが現状ではないか。そりゃ、人の私生活を覗いたりするのは上手《うま》くなったが、それも、遠くから、望遠レンズの隠し撮りである。

あの手の写真が、誠二は大嫌いである。あんなものを撮るくらいなら、カメラを叩き売って、どこかの店員でもやろう、と思っていた。

誠二だって、報道写真を撮ることがある。でも、堂々と、カメラを見せて、対象にぶつかって行く。危険はあっても、それがカメラマンというものである。

自分は安全なところにいて、人を傷つける写真を撮る。——こういう手合いが「カメラマン」と名乗っているのを見ると、誠二は腹が立って仕方ないのである。

アシスタントのひとりが、小走りにやって来て、

「何か、レコードをかけますか」

と訊く。

「そうだな。じゃ、ディスコ風の曲をかけよう」

「はい！」

十九だったか、二十歳だったか、カメラマンになりたくて、誠二の所へやって来た若者である。

今も、額に汗をいっぱいに浮かべて、よく働く。本当に写真が好きなのだ。昔の自

分を見ているようで、誠二は気に入っていた。

コーヒーを飲みほし、さて、仕事、仕事——と、思ったところへ、

「すみません」

と、声がした。

「どうしたの？」

と、誠二は訊いた。

礼子というモデルである。確か十六歳。

誠二がいつもグラビアを撮っている雑誌が、見つけて来たモデルである。

そこの編集部の話では、夏休みのアルバイトとして、編集部へ来た子なのだそうだ。

セーラー服姿がいやに印象的だったので、ためしに新しいデザインのドレスを着せてみたら、ハッとするほどいい。

もうここ三カ月ぐらい、毎月、誠二はこの娘を撮っている。——感心するのは、真面目さと、自然さだった。

妙によく見せようとするところがない。それでいて素人くさくないのは、素材のすばらしさだろう。

「お願いがあるんですけど——」

と礼子は言った。

「何だい？」

「踊れそうもないんです」

と、礼子は、顔を伏せて、

「わがまま言って、すみません」

「踊るって——別に、ちゃんと踊る必要ないんだよ。ただ、適当に体を動かしてくれりゃいいんだ。先月もやったじゃないか」

この子は、その内、モデルをやっていられなくなる、と誠二は思った。

モデルというのは、服やファッションを見せるものである。服より、本人のほうが目立ってしまっては、モデルにならない。

一回ごとに、礼子は輝いて来る感じだった。

この子は、女優か歌手になったほうがいいかもしれない、と誠二は思ったりしていた。

「ええ、それは分かっているんです。でも——今日は、とてもできそうになくて」

誠二は、礼子がいつになく沈んでいるのに初めて気づいた。

普通、カメラマンというのは、ファインダーを覗くと、その女の子の体調まで分かるものだ。この子の場合は、本人がそれを隠していたということだろう。

「具合、悪いのかい？　また、別の日にしようか？」

「いえ、そういうわけじゃないんです」

と礼子は首を振った。

「何かあったの？」

「父が——亡くなったんです」

「お父さんが——」

誠二はびっくりした。今までの礼子の笑顔に、そんな様子は、みじんもなかったのである。

「そうか。——じゃ、とても無理だね」

と誠二は肯いた。

「すみません。お仕事なのに、わがまま言って」

礼子は、もう一度頭を下げた。

「いや、モデルも人間さ。機械じゃないんだからね。——そこがいいところなんだ」

ふと思いついて、誠二は、

「よし、じゃ、ラストカットは、打って変わって哀愁で行こう」

と言った。

「哀愁……？」

「そう。君の気持ちを素直に出してくれ。無理に笑わなくていい。僕がいい瞬間を捕まえるからね」

「――はい」

礼子は、ゆっくりと肯いた。

そして、それはすばらしい撮影になったのである……。


「君――」

ドアを開けて、目の前に、おずおずとした様子で立っている礼子を見て、誠二は驚いた。

「突然、うかがってすみません」

ごく当たり前の高校生――とはいっても、やはり、かなり目立つ美少女である。

「どうしたんだい？　ともかく上がれよ」

誠二のマンション。――以前はボロアパートだったが、今は、そう広くもないが、一応、ちょっと洒落《しゃれ》たマンション住まいである。

「――何を持ってるんだい？」

居間へ入ると、誠二は訊いた。

「これ……」

礼子は、下げていた紙袋から、何やらプラスチックのお弁当箱らしきものを、いくつも取り出した。

「私の作った料理なんです」

「君の？」

「食べていただこうと思って……」

礼子は、ちょっと恥ずかしそうに言って、顔を赤らめた。

誠二は戸惑ったが、せっかく持って来てくれたものだ。食べてみることにした。

――なかなか立派な味である。

「君の名前――姓は何ていうの？」

いつも〈礼子〉としか聞いていないのだ。

「麻野です、麻野礼子」

「麻野礼子、か……。あの哀愁を帯びた写真がのったら、きっと君を女優にしようって奴が押しかけて来るよ」

礼子は、ちょっと笑った。

「いや、本当だぜ。君はスターになれる。そのときは、また撮らせてくれよ」

と、誠二が言うと、礼子は、じっと彼を見つめて、

「私、あなたになら、どんな写真を撮られてもいいと思ってます」

と言ったのである。

「へえ」

と、令子は言った。

ここまでは黙って誠二の話を聞いていたのだが、つい口を開かずにはいられなくなったのである……。

「で、ヌードでも撮ったわけ？」

「私は構わなかったんですけど」

と、礼子が微笑んで、

「でも、誠二さんに断られました」

「ヌードを撮って、追い回されたことがあるからね」

と誠二はとぼけて言った。

「それより、話している内に、君の言ってた麻野って先生が、この子の父親だと分かったんだ」

「私もびっくりして――」

と、礼子が身を乗り出すようにして、

「令子さんのこと、誠二さんからお聞きして、どうしても会いたくなったんです。それで、無理を言って、大学へ連れて行っていただいたんですわ」

「ところが。君の友だちが、君を捜して騒いでるのに出くわしたんだ。何でも、講義室に、君の靴が落ちていたってね。――こりゃただごとじゃないっていうんで、僕と彼女も一緒に君を捜した。そして、あの冷凍室の前に縛られて倒れている君を見つけたってわけさ」

「なるほどね。――それで一応は分かったわ」

令子は肯いてから、

「礼子さんにはお礼を言わなきゃね。ありがとう。でもね、この誠二さん、目下私にプロポーズ中なのよ」

「うかがいました。でも、断るんでしたら、後は私、引き受けます」

礼子が真顔で言うので、令子、思わず笑ってしまった。

「よかったわね、売れ残らずに済むわよ」

「よせよ」

と、誠二は苦笑いした。

「それより君、あれは殺人未遂だぞ。藤沢さんに知らせておいたから、ここへ来ると思うけど」

「うん。――でも私、やったのが誰なのか、ぜんぜん見ていないのよね」

「そうか。でも、まだ何か手がかりが残ってるかもしれないよ。あの冷凍室を調べに行ってるはずだ」

「ありがとう」

と、令子は微笑んだ。

「君は無鉄砲な人だからなあ」

と、誠二はため息をついて、

「殺される前に、僕と結婚しろよ」

ベエ、と令子は舌を出してやった。誠二は仕方なしに笑い出してしまった……。

――どうしても抜けられない仕事があるといって、誠二は出かけて行った。

「すてきな人ですね、誠二さんって」

と、礼子が言った。

「まあね。――ともかく古いつきあいなの」

「藤沢さんって刑事さんも、令子さんのこと好きなんですって？　羨《うらや》ましいわ、もてて」

「誠二さん、そんなことまでしゃべったの？　口が軽いんだから」

と、令子は笑った。

「ところで――ねえ、礼子さん」

「はい」

「麻野先生のことなんだけど……。訊いてもいいのかしら？」

「ええ、構いません」

「麻野先生があなたのお父さんで——。じゃ、今はあなた、お母さんとふたり暮らし？」

「いいえ。母は去年亡くなったんです。長いこと病気で。——その入院費用も、ずっと父が出してくれていました」

「そう……。なぜ結婚しなかったのかしら？」

「母はもともと孤児で、父のほうは名家の出だったんです。父は一緒になるつもりだったようですが、周囲の反対が強くて、結局、母のほうが、結婚はしないと決めたようです」

「で、生活費を先生が——」

「ええ。母も働いていましたけど、病気になってからは、父がみてくれていました」

「あなたも大変だったわね。——じゃ、今は完全にひとりで暮らしてるの？」

「そうです。でも、慣れていますから」

と、礼子は微笑んだ。

「だけど、先生が亡くなって……。困るでしょう」

「自分ひとりの分くらい、何とかして稼《かせ》げますわ」

へえ、偉いわね。

――令子は、礼子のごく自然な言い方に、参った、と思った。

「それに、モデルの仕事で、だいぶお金が入るようになったんです。誠二さんのおかげですわ」

そんな苦労を感じさせない、屈託のない明るさ。

――令子は、誠二をこの子に譲っちゃってもいいかな、なんて考えたりした。

「お父さんのことだけど……」

令子は、話を変えた。

「本当に自殺したと思う?」

礼子の顔が少し曇った。

「分かりません。自殺する理由がないような気もするんです。でも、もし自殺でないとすると――」

「殺されたんじゃないか、と私は思うのよ」

「父が――殺された?」

「私が殺されかけたのも、そのことと関連してるんじゃないかしら。私、そんなに人に恨まれる覚えないもの。――そりゃ、美人はねたまれるものだけどね」

令子は、真面目な顔で（かつ本気で?）言った。

た。


「でも、なぜ……」

「何か心当たりはない？」

「——分かりませんわ」

いくら可愛くても、嘘をつくのは下手なんだわ、と令子は思った。

答える前の、一瞬のためらいが、礼子に、何か思い当たることがあるのを教えてい
「ただ——」

と言いかけて、礼子は、思い直したように、

「自殺するほどのことじゃなかったとは思いますけど、父は、このところ悩んでいま
したわ」

「何のことで？」

令子は、ちょっとドキッとした。麻野が令子に求婚していたことを、誠二はまだこ
の子に話していないだろう。

「弟のことです」

「というと——あなたにとっては、叔父《おじ》さん？」

「ええ。父とは双子の兄弟です」

「まあ。初耳だわ。やっぱり学者なの？」

「いいえ、違います。顔つきなんかはそっくりですけど、タイプは正反対で堅実そのものの父と違って、叔父は決まった仕事にもつかず、いつもふらふらしていました。何か一発、大きいことをやって、当ててやろう、と思っている人なんです」

「兄弟でも、ずいぶん違うものね」

「父が麻野慎一《しんいち》で、叔父は晃二《こうじ》といいます。――私、めったに叔父には会いませんでしたけど、時々、急にヒョイと訪ねて来たりするんです」

「今、どこにいるの？」

「叔父はいつも住所不定で。どこにいるのか分からないんです。父とは、いつも喧嘩ばかりしてました」

「あなたも嫌いだった？」

「いいえ。私には、何だか優しくて、たまに会うと、あっちこっち、食事に連れてってくれたり、服を買ってくれたりします。たぶん、悪い人じゃないんだと思うんですけど、ただ見栄《みえ》っ張りで、綱渡りみたいな生き方しかできない人なんですわ」

「なるほどね。――その叔父さんのことで、お父さんは悩んでた？」

「叔父が、どこかで借金を作っていたらしいんです」

「相当に？」

「正確なところは知りませんけど、何千万っていうお金らしくて。――父のほうにその請求が来たりして、父はカンカンになってましたわ」

「それは怒るわね。でも、自殺するほどのことでもないんじゃない？」

「そうですね。――それ以外には、思い当たりません」

と、礼子は言った。

いや、本当は、もっと何か知っているはずだ。

――令子は、しかし、今はそれ以上訊こうとは思わなかった。

問題は――そう、麻野の死はともかく、分からないままとして、小浜田秀代が殺されたこと、そして令子自身、殺されかかったことである……。

誰が、なぜ秀代を、令子を殺そうとしたのか？

まだ奥は深いわ、と令子は思った。

そこへ、玄関のチャイムが鳴って、令子が出てみると、藤沢が心配そうな顔で立っていた。

「令子君、大丈夫かい？」

「ええ。上がって。――何か分かった？」

「まだ鑑識がやってるよ。しかし、あまり当てにならないね」

藤沢は、居間へ入って来て、

「警部も、さっき電話で心配してたよ」

「父はいいのよ。何しろ、恋人のことで、頭がいっぱい」

「からかっちゃ、可哀そうだ」

　と、藤沢は笑って、

「笑っていられるからいいけど、ひとつ間違えば――」

　唐突に言葉を切ったのは、礼子に目を止めたからだった。

　令子が、麻野礼子のことを紹介すると、

「藤沢だよ。――そうか、どこかで見たことがあると思ったんだ。雑誌のグラビアなんだね。いや、本当に可愛いなあ」

　と、すっかり感激の様子。

「ありがとうございます」

　と、礼子も嬉しそうである。

「うん、本当に可愛い。きっと人気が出るよ」

　令子は、エヘン、と咳払いした。

「あの、藤沢さん、ご用件は？」

「ああ、そうか。――何だっけ？」

　藤沢が頭をかいた。

　令子は、ふくれっつらで、藤沢をにらみつけてやった……。

夜のキャンパス

「待ってくれ！　命は惜しいよ」

と誠二が両手を上げる。

「失礼ねえ」

令子は、笑った。

「私の運転が、信じられないの？」

「そうじゃないけどさ……。君、免許取って、まだ一カ月だろう？」

「三週間よ」

と、令子は訂正した。

「行くわよ！」

――令子も十九歳。

もう車の免許を取れる年齢になり、大学時代のほうが取りやすいというので、早速教習所へ通った。かくて、免許を取り、父からポルシェ――いや、国産の中古車を買ってもらった、というわけである。

車は無事に前のほうへ走り出した。——当たり前ではあるが。

「こんな時間に、どこへ行くんだ」

と誠二が言った。

「十一時よ。カメラマンにとっちゃ、まだ早いでしょ」

夜の十一時である。誠二は肩をすくめて、

「僕は健康的な生活をしてるからね」

「探偵は忙しいの。それとも——あの子に会いたくないの？」

「あの子？」

「私と同じ、〈れい子〉さんよ」

「麻野《あさの》礼子《れいこ》？　彼女がどうしたんだい？」

「住んでる所、知ってる？」

「さあね」

「恋人の住まいも知らないの？」

「あの子は、別に恋人じゃないよ」

「でも可愛いじゃない」

「そりゃあね」

「好かれてるのよ。悪い気しないでしょ」

「そりゃ――まあね」

「白状したな」

と、令子は笑って、

「でも、あなたには、ちょっと若すぎるんじゃない？」

「よせやい。――僕は君にプロポーズしてるんだぜ」

「後悔してるんじゃないの？」

「しやしないよ。――少なくとも今のところは」

誠二のこういう正直なところが、令子は好きなのである。

「しかし――好きかどうかはともかく、あの子も苦労してるんだなあ」

と誠二は言った。

「本当ね。でも麻野先生の子らしいわ。いかにも真面目でね」

「あんまり真面目も怖いぜ」

と誠二が言った。

「思い詰めると、とんでもないことをやらかすからな」

――それからは、しばし、会話がなかった。

ふたりとも不機嫌だったわけではない。ただ、命が惜しかったから、運転だけに集中していたのである。

「――このへんよ、確か」

と、令子は車を道の端に寄せた。

「礼子の家？」

「そうアパートだけどね。あ、たぶんそこに見えるのがそうだわ」

なるほど、見るからにパッとしないアパートが見える。といっても、ろくに照明がないから、ぼんやりとしか見えないのだが。

「降りないの？」

と、誠二が訊く。

「見張るの」

「あの子を？」

「何か、隠してるのよ」

「へえ。――どんなことを？」

「分からないけど……。先生の死の原因になるような何かよ」

「しかし――まさか、あの子が共犯とかってことはないだろ？」

「犯人ってことも、あるかもしれないわ」

誠二が目を丸くして、

「まさか――」

「可能性よ」

「びっくりさせるなよ」

「名探偵は非情なものなのよ」

と、令子は澄まして言ってから、

「――しっ！」

「何も言わないぜ」

「誰か出て来た」

令子が押し殺した声を出す。

なるほど、アパートの戸口のひとつが開いて、人影がふたつ、現れる。

「よく見えないな」

と、誠二も息を殺して言った。

「そのために来たんでしょ！」

と、令子がつっつく。

「あ、そうか。写真を撮るんだな」

「他にできること、ないじゃないの」

令子は、遠慮なしに言った。

「きびしいなあ」

ブックサ言いつつ、誠二は、カメラを出して、アパートのほうへとレンズを向けた。

「もう少し明るい所へ出てくれたらいいのになあ」

と、グチが出る。

「忍耐、忍耐よ」

令子はじっと目をこらしている。

「両方とも女だぞ」

と、ファインダーを覗いて言った。

「見せて」

令子は、誠二のカメラをひったくるようにして、アパートから出てきたふたりを見た。

「ひとりは――あの子よ、麻野礼子」

「もうひとりは？」

「よく見えない。もう少し年齢のいった女の人みたい。おばさんっぽい感じよ。――あ、出て来るわ、明るい所に」

「そうか、じゃ僕がシャッターを――」

「待って！」

令子が、思わず高い声を出した。

出さずにはいられない！　――令子はシャッターを押すのなんか忘れて、しばしぼんやりしていた。

「おい、いいのかい？」

と、誠二が苛々《いらいら》してつついた。

「車に乗っちまうぜ」

「尾行するのよ。――あなた、運転してくれる？」

「いいよ」

急いで運転席と助手席を交換。

向こうの車が、ゆっくりと走り出し、赤いテールランプが遠ざかって行く。

誠二が、あわてて車を出した。

「――何とか見失わずに済んだな」

と息をついて、

「どうかしたのか？」

「うん……」

「もうひとりの女は？」

令子は、じっと前方を見つめたまま、言った。

「信じられないわ。――あの人、緑川涼子よ」

「緑川――？」

「父の再婚相手よ！　どうしてあの女《ひと》が、麻野礼子と？」

「本当かい？　確かに？」

「絶対よ――こんなにびっくりしたのって――」

令子は突然思い出した。なぜ緑川涼子を、前に見たと思ったのか、分かったのである。

麻野の死体を見つけたとき、あの講義室へ行く途中、ぶつかりそうになったコート姿の女性――あれが、間違いなく緑川涼子だったのだ。

どうして今まで気づかなかったんだろう、と悔しかった。

「でも、どういう関係なんだ？」

「こっちが、訊きたいわよ！」

と令子は言った。

「――どこへ行くのかな」

令子は、しばらく外を見ていたが、

「この道――大学へ向かってるわ」

「こんな夜中に？」

「そうよ。誰かがいるんだわ、きっと大学の中に」

誠二は、チラッと令子を見た。

「君——何か考えがあるんだな?」

「仮説よ。証拠はないの」

「藤沢さんやお父さんに連絡しなくていいのかい?」

「そうね。——でも、あの女《ひと》は父のフィアンセよ。父がいる所で、変なことがあったら可哀そうじゃないの」

誠二は苦笑して、

「君は結局、冷酷非情な名探偵にはなれないね」

「冷酷非情じゃ、名探偵にもなれないわ」

と、令子は言い返した。

確かに、車は、令子たちの大学へと向かっているらしい。

どうもこの事件、麻野の自殺というきっかけはともかく、後が何かと尾を引きそうである。

「——大学だわ」

と令子は言った。

「ここが?」

ているのである。
前の車は、裏門の前で停まる。誠二は、少し手前で車を停め、目立たないようにし
人気のない、暗い通りへと、誠二はゆっくり車を入れて行った。
「裏門よ」

と、令子は言った。

「大学に詳しい人よ」

「あの門のこと知ってるっていうのはね」

「なるほど」

誠二は車のエンジンを切ると、カメラを手にして、ドアを開けた。

「気づかれないでね」

「大丈夫さ。君は？」

「もちろん、行くわよ」

令子は、外へ出ると、

「父に知らせたものかどうかってとこね」

と首を振った。

――夜の大学内は、ひどく寂しい。

もちろん当然のことではあるが、人の姿もほとんどなかった。

「暗いな。見失うと大変だぞ」

「大丈夫。中のことなら詳しいの」

令子は先に立って歩いて行く。

足音がしないように、ちゃんとゴム底の靴をはいている。

緑川涼子と、礼子のふたりは、大学の中をためらわず歩いて行く。

目的地が、ちゃんと分かっているのだろう。

「──どこへ行くのかな」

と、誠二が言った。

「たぶん……。あの現場」

「例の、麻野の自殺の？」

「たぶん」

「何か関係があるんだな」

と、誠二が言った。

「そりゃ分かるわよ。でも……。どうして、こんな夜中に──」

そう。それが奇妙である。

何かあるのだ。何か、隠さなくてはならないことが……。

案の定、礼子と緑川涼子のふたりは、あの講義室のある棟の中へと入って行った。

「——どうする？」

と、誠二が訊く。

「そうね。中へ入るしかないんじゃないの？」

「だけど……」

誠二は、ちょっと考えて、

「ここで待ってても遅くないいんじゃないか？」

令子も、そう思わぬでもなかった。

礼子がここへ来たといっても、必ずしも犯罪に係わり合っているとも限らないのだし。

でも、やはり、知りたかったのだ。礼子と緑川涼子の関係も。

「入ろう」

と、令子は言った。

「そうか」

誠二も、もう止めなかった。

棟の中は、もちろん静かである。——こんな夜中だ。人のいるはずもない。

あのふたりの足音が、遠くに、響いていた。

令子たちは、そっと足音を殺しながら、暗い廊下を辿《たど》って行った。

窓から月明かりが差して、廊下は何とか見える程度には明るかった。

「まだ、だいぶ行くのか?」

と、誠二が言った。

「シッ!」

と、令子はつついて、

「聞こえるわよ、そんな声出して」

「ごめん」

「もう少し先よ。あの——」

令子は、ピタッと足を止めた。

「——どうした?」

誠二が令子を見た。

「誰か……」

「え?」

「誰か、ついて来る。——私たちの後ろから——」

そう。

小さな足音が、ヒタヒタ、と迫って来ていた。令子はゾッとした。

もう、すぐ背後だ。振り向くにも、あまりに突然で、身動きができなかったのである。

足音が止まった。そして、

「何を立ち止まってるんだ？」

と、耳慣れた声がした。

令子は、振り向くと、

「パパ……」

と、唖然として、

「何してるの？」

「お前たちと同じさ」

大宅は、低い声で言った。

「じゃ……やっぱり礼子さんを尾行して？」

「もともとは別口だ」

と、大宅は言った。

「というと？」

「一緒にいたろう。緑川涼子だ」

令子は、当惑した。

「だって、――彼女、パパの――」

「うむ。一応、本気で再婚してもいいかと思ったんだがな……」

大宅は肩をすくめた。

「あの人はどうして、こんな所へ来ているの？」

「目的はわからんが、理由は見当がつく」

「どういうこと？」

「緑川涼子のほうも再婚だ。もし、わしと一緒になるとすれば、だがな」

「それで？」

「彼女の前の夫は、麻野晃二という男だったのだ」

令子は息を吞んだ。——麻野先生の弟と！

「ともかく、行こう。あんまり遅れると、肝心の話を聞きそこなうぞ」

と、大宅が、令子の肩を叩いた。

三人は、ゆっくりと廊下を歩いて行く。先に行ったふたりの足音はもうしない。たぶん、あの講義室に着いたのだろう。

「パパ」

「何だ？」

「どうして——彼女を尾行したの？」

「死んだ小浜田秀代は、中年の男とつきあっていた」

「ええ」

「あちこち聞いて回ったよ。かなり慎重に会っていたらしく、見た者がいないんだ、その相手を」

「それで？」

「やっと、ひとり、見つけた。秀代の友だちのひとりが、たまたま、すれ違ったタクシーに、秀代と中年の男が乗っているのを見かけたと言ったんだ」

「誰だったの？」

「その友だちが、次に秀代に会ったとき、そのことをからかうと、彼女は、あれは大学の先生よ、と答えた」

「じゃあ——」

「写真を見せたよ。麻野に間違いない、ということだった」

「先生が、秀代と……」

令子は、ちょっとためらってから、

「あの先生、私にもプロポーズしていたのよ」

「真面目な先生にしちゃ、おかしいな」

「ええ。——男なんて、みんなそうなのかしら？」

大宅は、ちょっと笑って、

「そいつはどうかな。他にも考えようがあるんじゃないか?」

令子は、眉を寄せた。

「どういうこと?」

そして——ふと、思いついた。

「そうか。双子の弟ね!」

「お前にプロポーズしたのは、本物だったろう?」

「もちろんよ。博物館の説明までしてくれたんですもの」

「すると、秀代の相手は、おそらく、弟の麻野晃二ということになる」

「そうね。——待ってよ」

令子は、ハッとしたように、

「もしかして——あそこで自殺していたのは弟のほうかも……」

「その可能性もある」

大宅は肯いた。

「ともかく、今、一応、死んだのが兄のほうだとすると、弟のほうは行方不明なのだ。だいぶ借金をしょいこんで、逃げ回っているのだろう」

「そうね。でも、死んだのが弟だとすると、兄のほうが姿を隠す理由はないんだものね」

「うむ。――しかし、人間なんて分からんものさ」

と、大宅は自分へ向かって言うように、

「わしも、いささかショックだった」

「でも――彼女とパパの間は、事件と関係ないじゃないの」

令子は、そう言った。

「そう思うか？」

「うん。――思うよ。ねえ、誠二さん」

「そうだな。同感だ」

と誠二が言った。

「それに、僕は令子さんにプロポーズしてるし」

「関係ないでしょ」

と、令子はつついてやった。

――講義室の近くへ来た。

ドアが開いている。中から明かりが廊下へ洩《も》れていた。

「やっぱりあそこだわ」

と、令子は声をひそめて、

「そっと近くへ行ってみましょ」

「よし」

三人は、開いたドアのほうへと、忍び足で近づいて行った。

「いやよ、そんなこと！」

礼子の声が、飛び出して来る。たぶん、あの教壇のあたりでしゃべっているのだろうが、このだいぶ離れている。

部屋はよく声が通るのだ。

「礼子ちゃん――」

と、緑川涼子が言いかける。

「やめて！」

と、礼子は強く遮《さえぎ》った。

「私にとって、父は父よ。世界で一番大切な人だった。それを――そんな嘘、つけっこないわ」

「気持ちはよく分かるわ」

と、涼子が言った。

「でも、考えて。――あなたのお父さんは亡くなったのよ。もう戻って来ない。でも晃二さんは、まだこれから――」

「大嫌いよ、あんな人！」

と、礼子が言い返す。

「あなただって、離婚したんじゃないの！　どうして今さら、あんな人のことを助けようとするの？」

「それはね……。礼子ちゃんにも、いつか、きっと分かるわ」

涼子が、寂しげに言った。

「だいたい、おかしいじゃないの。叔父さんが自殺するのは分かるとしても、どうして父がいなくなるの？」

どうやら、さっき令子が父と話したように、自殺したのが、麻野慎一ではなく、弟の晃二のほうだということにしたいらしい。

そうすれば、晃二は、借金取りに追われずに済むわけである。

「そうでしょう？　父には、何も、逃げ隠れしなきゃいけない理由はないのよ」

と、礼子が言っている。

いや――そうでもない、と令子は思った。やっと気づいたのだ。

もし、死んでいたのが晃二で、しかも、殺されたのだったとしたら、麻野慎一が逃亡しても分かるというものである。つまり、麻野慎一が、弟を殺したのだったとしたら……。

「――お前にも分かったようだな」

と、大宅が言った。

「ええ。でも――」

令子は、言葉を続けようとした。が、その声が、中の礼子たちの耳に入ってしまったらしい。

「誰なの？　そこにいるのは！」

と、礼子が鋭く言った。

令子は父を見た。大宅は肩をすくめると、

「気づかれたら仕方がない」

と言うと、のんびりした足取りで講義室の中へ入って行った。

だが、礼子が呼びかけたのは、大宅たちのことではなかったのである。

教壇の机の下から、男がひとり、姿を現した。そこに隠れていたのだろう。

「麻野先生！」

と、令子が思わず口走った。

礼子と涼子が、その声で振り向き、立ちすくんだ様子だった。

「おやおや、出番を間違えたかな」

と、大宅が言うと、涼子が、

「大宅さん――」

と言ったきり、絶句した。

「そこにも観客がいたのか」

と、その男は言った。

「大宅君じゃないか」

――麻野だ！　令子は唖然とした。

「先生……。じゃ、ここで自殺していたのは――」

「あれが、弟の晃二だよ」

麻野は、そう言って、肯くと、いつも講義のとき、そうしたように、両手を後ろで組んだ。

「あの日、僕はここへ早目に来た。講義の準備があったからね。ところが、そこに晃二がやって来たんだ。――追いつめられていた。かなりの借金をこしらえていたからね」

「それで……どうしたんですか」

「僕に助けを求めて来たが、どうしてやることもできない。一度助けてやったところで、また同じことをくり返すだけだ。――そう言ってやると、晃二はカッとなって飛びかかって来た……」

「弟さんを――殺したんですか」

「争っている内にね。——しかし、僕と弟の仲が悪いのは、大勢の人間が知っている。だから僕は怖くなって、自殺に見えるように——」

「それが事実としても——」

と、大宅が言った。

「——双子の兄弟の、どっちなのか、という問題は残りますがね」

「僕は麻野慎一です。本人が言うのだ。間違いないでしょう」

令子は混乱していた。——それほど、目の前の男は、麻野慎一に似ている。違うかもしれない、という目で見れば、また違うようにも見えるが、しかし、人間の感覚というのは、先入観があると、大きく狂ってしまうものである。

「君は？」

大宅が、緑川涼子のほうを見て、

「前のご主人だ。見分けがつくんじゃないかね？」

「それは——でも——」

と、涼子がためらっていると、礼子が進み出た。

「あなたは麻野晃二よ！」

と叫ぶように言った。

「礼子！　何を言うんだ！　僕は——」

「馬鹿にしないで！　いくら、いつも一緒にいなかったといっても、父親の見分けぐらいつくわよ」

礼子がキッとなってにらみつける。——大宅は、涼子のほうから、目を離さなかった。

「どうかな？」

と、大宅が念を押すと、涼子は、くたびれたように、椅子へ腰を下ろし、

「この人は——晃二です。間違いありません……」

と言って、顔を伏せた。

「涼子——」

麻野が、顔をこわばらせた。

「そういうことですか」

大宅は肯くと、

「——では、色々、お話をうかがいたいですな。小浜田秀代の死や、うちの令子が殺されかけた件についてもね。さあ、行きましょうか」

と、麻野を促した。

「——仕方ありませんね」

と、麻野は肩をすくめた。

そして――突然、教壇から飛び下りると、駆け出した。

「パパ！」

令子がハッとしたが、大宅はいっこうに動く様子もない。

「――いいのかな？　逃げちゃいましたよ」

と、誠二が言った。

「大丈夫。外には、藤沢が待機しているからな」

「何だ、そうなの」

と、令子はホッとした。

「逃げるなんて、馬鹿だわ」

と、礼子が言った。

「何かやった、と白状してるようなもんじゃないの」

「そうだ」

と、大宅が言った。

「白状するために、ここへ来たんだからな」

「パパ、それは、どういう意味？」

と令子が言った。

「この緑川涼子を、わしは、かなり目立つように尾行した。尾行されていることは分かっていたはずだ。それでいて、彼女はここへノコノコやって来た」

「そうだな。何もこんな所で会わなくたっていいようなもんだ」

と、誠二が言った。

「じゃあ……。つまり、発見されるのを、承知してた、っていうの？」

「大宅さん――」

「まあ待ちなさい。なぜあの男がこんな所にいたか。それは――大学の中に身を隠しているのが楽だったからだ。つまり、大学の中のことを、よく知っている人間だったのだ」

「じゃ――今のは、麻野慎一？」

と、令子は目をみはった。

「そんな――私は――」

と礼子が言いかける。

「君の演技は大したものだ」

と、大宅が抑えて、

「わざと、父親ではないと断言して見せたところはね。君は父親を被害者にしておきたかったのだ。父親の美しい像を、壊されたくなかった……」

「でも――涼子さん、あなたは？」

と、令子は言った。

「私……。もう前の夫には、何の未練もありませんでしたもの。慎一さんはいい人です。私もずいぶん助けていただいたものですわ。ですから、あの日、晃二が慎一さんに会いにここへ来ていると知って、駆けつけてみると……。晃二が倒れていて、慎一さんは、呆然としていました。事情を知って、私、自殺に見せかけよう、と……。でも、後で調べて他殺と分かるかもしれないので、しばらく姿を隠していたほうがいい、と言ったんです」

「じゃあ、秀代が死んだのは――」

「慎一さんは、あの娘さんとつきあっていました。――弟を殺したという思いで、悩んだ慎一さんは、あの人を車に乗せて、一緒に死のうとしたんです。でも、自分は死にきれずに……。分かってあげて下さい。慎一さんは、混乱していたんです」

「秀代は死にました」

と、令子は言った。

「令子さんを冷凍室へとじこめたのも私です。――大宅さんから、あなたのことは聞いていたし、秀代さんとも親友だった。あなたと話した後、そっと後をつけると、あなたはここで何か考え込んでいて……。何か、気づかれたのかもしれないと思いました。怖くなって、つい……。でも殺す気じゃなかったんです。ただ、警告のつもりで。

でも、あんなに室温が下がるとは思ってもいませんでした。――外へ出したら、気を失っているので、何とかしなくてはと思い、うろうろしていたら、この男の人と礼子さんがやってくるのが見えたんです」

大宅は、息をついて、

「――ま、詳しいことを、また署で聞かせていただきましょう」

と言うと、涼子の腕を取った。

「――やれやれ」

誠二は、令子とふたりになると、首を振って、言った。いや、ふたりではない。もうひとりの〈れい子〉が、じっと教壇の前にたたずんでいる。

「何だかややこしい話だったな」

「そうね……」

令子は、ガランとした講義室の中を見回した。

「君のお父さんも――複雑な気分だろうな」

「うん。――私だって、よ」

令子は、礼子の背中をじっと見ていたが、

「ねえ、誠二さん」

と、低い声で言った。

「何だい？」

「彼女――モデルとして、やって行けそう？」

「どうかな、モデルとしては個性がありすぎる。でも、女優や歌手には充分なれそうだよ」

「そう」

と、令子は肯いた。

「どうしてだい？」

「ううん。――彼女、ひとりぼっちで、辛いだろうな、と思って」

「優しいな、君は」

令子は微笑んだ。

「どうかしら。――探偵は、時には非情でなくちゃね」

「どういう意味だい？」

令子は、礼子のほうへ歩いて行くと、その肩に手を置いて、

「お父さんのこと――気の毒だったわね」

「父のこと？　いいんです。だって――ともかく生きてるんだから」

「そうじゃないでしょ？」

礼子は戸惑ったように、

「え？」

と、令子を見た。

「生きてはいるけど、でも、あの人を本当にお父さんと呼べるかしら？」

「どういう意味ですか」

「みごとにひっかかったわね」

と、令子は言った。

「ここで自殺したのは、確かに麻野慎一先生。今、警察へ連れて行かれたのは、弟の晃二よ」

「何だって？」

誠二が仰天した。

礼子が青ざめた顔で令子を見る。令子は続けて、

「そうでしょ？　他殺を自殺に見せかけるのは難しいけど、自殺を他殺だと言うのは、自白だけすれば、まさかそんな嘘をつく人がいるとは、誰も思わないわ」

「おい、どうしてそんなことを――」

「慎一さんになりすませば、大した罪にならないと分かっていたのよ。正当防衛と認められればなおのこと。それに、秀代も、私のことも、全部涼子さんが引き受けた。

——無理な話よ。あの人に私をかついで冷凍室まで運べっこないわ」

「すると、晃二をかばって？」

「わざと晃二だと言って、父が逆に受け取るようにし向けたのよ。だからこそ、お芝居とすぐに分かる言い合いをして見せたの」

「違います！」

「違わないわ」

と、令子は首を振った。

「晃二は追いつめられていた。たぶん、借金といっても、まともなお金じゃなくて、見つかれば殺されるところだったのよ。——涼子さんが、何とかしてくれと泣きつかれて、慎一さんに相談に来てみると、慎一さんは、首を吊って死んでいた。——それを見て、涼子さんは、死んだのが晃二だということにすれば、たとえ何年かの刑になっても、殺されるよりいいと思いついたんだわ」

「でもさ、どうして礼子さんが晃二をかばうんだ？」

「それは——」

令子は、ちょっと哀しげな目で、

「私のせいでもあるの」

「えっ」

「私が先生の遺書を隠してしまったから」

「遺書ですって？」

令子が取り出した遺書を、礼子は、一読して、

「分からないわ……。これは……」

「私、あの少し前に、先生から愛をうちあけられていたから、それが自分のことかと思ったの。でも、そうじゃない。――先生は、そこにある、『報われない愛』から逃げ出そうとして、私に救いを求めたんだわ」

「分からないな、僕も」

と、誠二が首をかしげる。

「礼子さん、あなたがお母さんを亡くして、ひとりになってから、急に先生はあなたに冷たくなったんじゃない？」

礼子がハッとした。

「――そうでしょう？　一方で、晃二はあなたに優しかった。あなたは、晃二のほうへ頼って行くようになる……。私も、今、やっと分かったわ。あなたの本当の父親は晃二なのよ」

「何だって？」

と、誠二が唖然とした。

「先生――慎一さんは、弟が生ませた娘の面倒をずっとみてきた。そういう人だったからね。一方、晃二のほうは、気楽なもので、たまにあなたに会っては、〈人のいい叔父〉を演じていた」

「だけど――だけど――本当にそうだとしても――なぜ急に冷たくするんですか?」

礼子は、涙を浮かべていた。

「私に会ってもくれない……。まるで、人が変わったようで……」

「それはね――」

と、令子は遺書を見て、

「ここにあるわ。『報われない愛』。――先生はね、礼子さんを、女として愛するようになっていたのよ」

礼子が、目を見開いた。――誠二もまた。

「でも、ずっと父親として会って来たあなたに、そんなことは言い出せない。だから、わざとあなたを避けて、忘れようとしたんだわ。私――同じ〈れい子〉に、プロポーズしてみたりして。でも、結局、どうしても忘れられなかった。どうせ娘でなくても、姪《めい》なのだから、許される愛ではない。――悩んだあげくに、死を選んだのよ」

礼子は、しばらく身動きもしなかった。それから、遺書を胸に押し当てると、声を殺して泣き出したのだった……。

エピローグ

「くたびれた！」

大宅が、ソファにドサッと体を沈める。

「着替えぐらいしたら？」

と、令子は笑いながら言った。

「ひと休みしてからだ。――しかし、疲れた」

「どう？」

と、令子は、父にコーヒーを渡した。

「やあ、すまん。――晃二が自供したよ。小浜田秀代とは、兄の所へ、借金を頼みに来て会ったらしい。以来、つきあっていて、兄と入れ替わったのを、秀代なら気づくんじゃないかと思って、殺したんだ」

「秀代は両方の顔を知っていたわけね」

「ドライブに誘って、睡眠薬をのませ、排気ガスを車の中へ……。ひどい男だ」

「私を襲ったのも?」

「もちろんだ。お前が秀代と親しくて、しかもひとりであんな所を調べ回っているので、用心のため、と思ったんだろう」

「助けてくれたのは――」

「涼子だ。――晃二を愛してはいても、そこまではやりたくなかったんだな」

――夜も遅かった。ふたりは、しばらく黙っていた。

「――パパ」

「うむ?」

「涼子さんのことだけど――」

「悪い女じゃない。わしと見合いしたのも、決して下心あってのことじゃなかった。ただ、警部という職業柄、晃二の身を守るのに、何か役に立つとは思ったかもしれんな」

「だけど――いけないのは晃二よ」

「わしだって、それぐらいは分かっとる」

大宅はそう言って、ニヤリと笑った。

「当分は、お前に飯を作ってもらわにゃならんな」

「知らないわよ。私、好きな人ができたら、さっさと出て行くから」

と、令子は言った。

「勝手にしろ」

と、大宅は笑った。

電話が鳴った。――令子が急いで出ると、

「やあ、まだ起きてたのか」

と誠二の声。

「学生は忙しいの。どうかしたの？」

「礼子――麻野礼子さ、彼女、スカウトされたんだ、歌手にって」

「へえ！　すごいじゃない」

「でも断った」

「まあ」

「まだ高校生だろ。――いくらでも勉強することがある、といってね。当分、モデルのアルバイトで生活するそうだよ。君によろしくってさ」

「そう。――じゃ、せいぜいいい写真を撮ってあげてね」

「余裕があるね」

と、誠二がからかう。

「そりゃね。プロポーズの返事を保留してるぐらい、強い立場はないんだから」

と、令子は微笑んだ。

幽霊たちのエピローグ

幽霊屋敷

「幽霊なんて、いるわけないじゃねえか」

女の子の前では、たいてい男はこう言うものである。

もちろん、心底そう思っている者もいるだろうが、たいていは、そんなこと、真剣に考えたこともないわけで、要するに、女の子に「臆病」と思われたくないだけの話なのだ。

特に、今まさに女の子を我が手に抱きしめてキスしようとしている男の場合、半分は何を言っているのやら分かりもせず、ただ、彼女を目の前の人の住んでいない大きな家の中へ連れ込もうと、そればかりを考えていると思って、まず間違いはない。

「だって――」

女の子は、ちょっと可愛らしく怯《おび》えて見せる。こちらも、本気で怖がっているのじゃなくて、ただ相手から「可愛い」と思われたいと思っているのである。

「ここ、幽霊が出るって、昔から評判なのよ」

「出やしないよ、そんなもん」

と、男のほうは笑って、

「もし出たら、取っ捕まえて、TV局に売り込みに行こうぜ」

フフ、と女の子は笑った。

「面白いわね。そしたら、私、マネージャーやろうっと」

女の子のほうは月明かりで見る限り、なかなか愛くるしい少女。年齢は十六、七、といったところか。

彼氏は十八ぐらい。ま、精神年齢では、ほぼ同年輩と思って差し支えない。

ふたりとも、ディスコかどこかの帰り道、という感じで、キスぐらいはもう何の抵抗もない仲のようだ。

「なあ、中に入ろうぜ」

と、男のほうが――少年と呼んだほうがピッタリくるか――促《うなが》す。

「でも、何か気味悪くない?」

そう。普通なら、確かに気味の悪い建物に違いなかった。

少年のほうだって、きっとひとりだったら、こんな所に入る気には、とてもなれなかったに違いない。

二階建てにしては背の高い洋館で、たぶん、屋根裏にも部屋らしきものがあるのだろうと思える。尖《とが》った屋根、あちこちがはげ落ちた壁に這《は》うつたが、まるで生きもののように見えて……。

「誰かに見られると困るわ」

と、まだ女の子のほうはもったいぶって――いや、ためらっている。

「見られたくないんなら、こんな所に突っ立ってないで中へ入ろう」

これは少年の言葉が理屈に合っている。

荒れ果てた空家があるからといって、人里離れた山奥を想像していただいては困るので、ここはれっきとした都心の住宅地。ただ、一軒一軒、土地も広くて古い家屋敷が多いので、やたら静かで、人通りもないのである。

しかし、空家といってはここ一軒。周囲はちゃんと幽霊でない人間たちの住居だから、道でキスしているふたりのことを、どっかの窓から誰かが覗《のぞ》いていても不思議はないのだ。

「じゃ……入ろうか」

と、女の子も肯《うなず》いた。

やった！　少年が思わずニヤッとして、

「じゃ、ほら――足元に気をつけろよ。おい、そこ、つまずくなよ、石があるぞ」

壊れてしまって、門柱だけが残った、その間を入って、建物の正面へ。少年のほうは、ちゃんと前にここへ入って「下調べ」してあるのが、その言葉でばれちゃっているのだが、もう気ばかり焦《あせ》って、そんなことには気づきもしない。

女の子のほうだって同様である。少年に手を引かれて、月明かりの中、怖いはずの「幽霊屋敷」へと近づいて行くのに、別にその足取りは鈍《にぶ》るでもない。

ドアは、少しきしんだ音をたてながら、それでもスンナリと開いた。

中へ入ると、少し埃《ほこり》っぽい匂いが鼻をつく。

――この空家（といっても相当の広さだが）が、「幽霊屋敷」と呼ばれているのは、事実だった。

女の子のほうはこの近所に住んでいて、よく小さいころから、この家の話を聞かされていたものだ。でも、もちろん当節の現代っ子はそんな話で怖がりはしなかった……。

「ここ――」

と、少年がドアを開ける。

小さな、まるで、ちょっと場所が余っちゃったから造ったんだ、とでもいうような部屋だった。

古ぼけたソファが、忘れられたように置かれている。もちろん明かりはないが、窓から月明かりが差し込んで、中はわりあい明るかった。

「ここで？」

と、女の子は、ちょっとすねて見せた。

「何か、見すぼらしいわね」

「そうか？　でも、ロマンチックでいいじゃねえか」

女の子が笑い出した。

「おい、何だよ！」

「だって——ロマンチック、なんて言うんだもん」

「悪いか」

「似合わないよ」

「言ったな！」

少年が女の子を強引に抱きしめると、

「ちょっと——ねえ、いやだ、乱暴にしちゃ」

と文句は言いながら、それでもキスされるままになって……。

ふたりはソファの上に倒れ込んだ。

ここでフェード・アウトしてしまうと、ごく当たり前のラブシーンなのだが、やはりそううまくはいかなかった。

ハッ、と女の子が頭を上げる。

「何だよ、いきなり——」

少年が面食らって言いかけるのを、

「シッ！」

と、遮《さえぎ》って、

「足音……」

「足音？　——聞こえなかったぜ」

「聞こえたわよ」

と、女の子の声は真剣である。

「——何も聞こえないじゃねえか、ほら」

少年は体を起こして、言ったが、そこへ、コツ、コツ、と……。

「——ほらね」

「うん。誰かいるんだ」

足音は、二人の頭上から聞こえていた。

「二階だわ……」

足音は、急ぐでもなく、やがて、どこかへ遠ざかったが、ふたりともすっかり気をそらされて、

「出ようよ。いやだわ。誰かいるのなんて」

「うん……」

畜生、と少年は口の中で呟く。いいところで邪魔しやがって！ おおかた、浮浪者か何かが入り込んでいるんだろう。

「勝手に人の家へ入るなんて、ひどい奴だな」

少年は、自分たちのことを棚に上げて、文句を言った。

「行こうよ」

女の子が、小部屋のドアを開けようとした。そのとき、新しい足音が、表から近づいて来たと思うと、玄関のドアがきしみながら開く音。

「誰か来た！」

少年が低い声で言った。

「ね、二階からも――」

さっきの足音の主だろうか、階段を、コトン、コトン、と下りて来るのが、耳に入る。

「ふたりも、か……」

出て行きにくくなった。今ふたりが小部屋から出ると、ふたつの足音の主に、バッタリと出くわすことになるのである。
キ、キ……。金属のきしむ音。

ふたりは顔を見合わせた。——今の音は、どう見てもふたりの背後から、聞こえて来たのである。

振り向くと、床板の一部が四角く切り取られたようにポカッと開いて、蓋《ふた》のように、持ち上がって来る。

「隠れるのよ！」

こういう場合、女の子のほうが度胸がいいらしい。

女の子は、とっさに、少年の手を引いて、さっきふたりが横になっていたソファの後ろへと入り込んで、身をかがめた。ふたりともゴム底の靴で、足音がほとんどしなかったから気づかれなかったようだ。

床板が、完全に外れたらしく、ゴトン、と音がした。

誰かが上がって来る。地下室でもあったのだろうか。

ふたりは、じっと息を殺していた。ドキドキと、心臓の音が、まるでこの小部屋中に響きわたるようだ。

床から出て来た誰かは、コツ、コツ、と足音を響かせながら、ドアのほうへ歩いて行った。そして出て行った——のかと思うと、その逆で、前に聞こえていたふたつの足音が、小部屋の中へと入って来たのである。

まずい！　——ふたりはギュッと手を握り合った。

しかし、何だろう？　こんな空家の一室に集まって、何をしようというのか……。

「——座ろう」

と、ひとりが言った。

男の声だ。しかし、何だか、くぐもった妙な声だった。

三人が、ソファに腰を下ろした。ギュッとソファがきしんで、女の子は、思わず声を上げそうになった。

「問題というのは何だね？」

別の声が言った。やはり、男だが、同じように、妙にくぐもった声である。

「昨日、決定した」

と、これは初めに口をきいたほうだ。

「何が？」

「ここを取り壊すそうだ」

——息を呑《の》む気配があった。

少し間が空いてから、

「それは最終決定なのか」

「今のままでは、そうだ」

「いつ？」

「動き出せば早い。たぶん、二、三週間の内には……」

「で、跡地は？」

「マンションが建つらしい。三、四階建ての高価な物を計画しているようだ」

すると、もうひとりが初めて口を開いた。

「ひどいじゃないの、そんな！」

女だ！　低くこもった声ではあるが、女に間違いない。

「まったく、とんでもないことを考えるよ」

「私たちはどこへ行けばいいの？」

「困った話だ。――といって、連中は幽霊のことまで考えてはくれん」

「それはそうだな」

――幽霊？　幽霊って言った？

ソファの後ろで、女の子は、目を丸くした。

「それで、こうして集まったわけだが」

「で、どうする？」

「何とかしなきゃ！」

と、女の声が、

「打つ手があるはずよ。何か……」

「ないことはない。しかし——」

「どんな手なの？」

「かなり、思い切った手を打つしかないな」

「というと……」

沈黙が、少し続いた。

「あいつが死ねばいい」

と、ひとりが言った。

「死ねば、当分はマンションどころではなくなる」

「しかし、そんなことで、いつまでのばせるんだ？」

「そうよ。だいたい、そんなにうまく死んでくれるわけがないわ」

「当然だよ」

と、男の声が言った。

「死んでもらうには、殺すしかない」

——とんでもない話を聞いてしまったものだということに、ソファの後ろのふたりは、やっと気づいた。

この連中、いったい何者だろう？

「——シッ！」

と、突然、男のひとりが鋭く遮って、

「静かに！」

気づかれたのかしら？　女の子は、ガタガタと震え出すのを、押さえ切れなかった。

「誰か来るぞ」

「まさか――」

「いや、本当だ」

「明かりが見えるわ」

「いったん引き上げよう。また、追って連絡することに――」

「間に合うまい。殺すしかない」

「それなら、具体的な方法を……」

「よし。私に任せてくれ」

と、男のひとりが言った。

「うまくやって見せる。――では引き上げよう」

「頼むわよ。私たち幽霊の未来がかかっているのよ」

「急げ！」

ふたりの足音が、小部屋を出て、遠ざかった。そして、また床板を上げた所から、
残るひとりは姿を消そうとしているらしい。

女の子は、ホッとしていた。どうやら助かったようだ。

そうなると、好奇心でいっぱいの年代である。

ソファの端から、少し頭を出してみる。

と——ちょうど、目に入る窓のガラスに、月明かりを浴びた人影が映っていた。

白い、フワッとした布のようなものが揺れている。それが、床の穴の中へと、吸い込まれるように消えて、そして蓋《ふた》が閉じられようとしたとき、それが、素早く小部屋の中を見回したのだ。

女の子は、悲鳴を上げそうになった。でも、幸い、声は出なかったのだが。

ガラスに映っているのは、白い骸骨の顔だった……。

家庭教師

「——早く終わったわね。じゃ、少し休もうか」

と、大宅令子《おおやれいこ》は言った。

「はい」

末川《すえかわ》ひとみは、軽く息をついた。

といっても、別にふたりはスポーツをやっていたわけではない。

大宅令子は家庭教師、末川ひとみはその生徒。ふたりして、数学の問題に取り組んでいたところである。

「先生、紅茶でもいれましょうか」

と、末川ひとみが言った。

「今夜は、母、出かけてるので、私がやりますから」

「悪いわね。手伝いましょうか?」

「いいえ、大丈夫です。先生、居間のほうにいらして下さい」

ひとみが部屋を出て行くと、令子は、フーッと息を吐き出した。

「疲れる！」

と、思わず呟く。

いや、末川ひとみが教えにくい生徒だというわけではない。その逆だ。あまりに熱心で、それこそ必死で取り組むから、教える令子のほうもつい熱が入り、くたびれてしまう、というわけである。

ひとみの勉強机の前から離れると、令子は大きく伸びをした。

――一階へと階段を下りて行く。

大した家だ。もう三カ月以上、週に二回、ここへ通って来ている令子だが、来る度に、この堂々とした屋敷には圧倒されそうな気分になってしまう。

床も壁も板貼りなので、落ちついた雰囲気ではあるが、少し薄暗い感じはする。建物自体はかなり古いのだと令子はひとみから聞かされていた。

大宅令子は十九歳。一応、「花の女子大生」という呑気《のんき》な身分である。

令子に他の女子大生に比べて、多少変わったところがあるとすれば、それは警視庁捜査一課の警部を父に持っているからかもしれない。

母はすでに亡くなって、父ひとり、娘ひとり。

それでも、さほどのファザコンにもなっていないのは、父親の教育の成果というよりは、生まれつき、令子に強い独立心がそなわっていたからであろう。

実際、令子はその可愛い風貌《ふうぼう》にもかかわらず、時として大きな危険の中に自《みずか》ら飛び込んで行くことがあるのだ。

——広々とした居間へ入って行くと、令子はソファにゆったりと寛《くつろ》いだ。こんな広い居間なら、キングコングだって寛げそう——というのはオーバーか。

「くたびれた、と」

令子は呟いてから、

「でも、ま、ぜいたくは言えないか」

と、自分に向かって言った。

いや、実際のところ、末川ひとみくらい教えやすい生徒にぶつかることは、まずあるまい。ともかく本人が頭も良く、のみ込みも早く、熱心だというのだから、これ以上の条件はない。

何年か、父親の仕事の関係で外国へ行っていたから、その勉強のブランクを埋めたい、というので、家庭教師を頼むことにしたと令子は聞いていた。

そうでもなければ、ひとみには家庭教師など必要なかったに違いないのだ。いや——早晩、令子もこの分では失業することになるかもしれなかった……。

「——先生、お待たせしました」

ひとみが、盆に紅茶とクッキーをのせて居間に入って来た。

「ひとみさんも一緒にね」

「ええ。ちゃんと抜かりなく、自分の分も用意してあります」

と、ひとみは微笑んだ。

また、このひとみという娘が、女の令子が見ても惚《ほ》れ惚《ぼ》れするくらい可愛いのだ。しかも、少しもお嬢さん気取りのいやみがなく、ごく自然に振る舞ってチャーミングなのである。

今まで、ひとりっ子でいることを後悔したことのない令子だが、ひとみを見ていると、こんな妹なら、ほしかったなあ、と思うことがある。

「――ひとみさん、お父さんは今、日本にいらっしゃるの？」

「父ですか？　ええ、たぶん……。いい加減ですけど、本当にパッとヨーロッパとか行ってしまうんで、困っちゃうんです」

と、ひとみは可愛く顔をしかめた。

「羨《うらや》ましいなあ！　でも、お仕事ですものね」

「忙しすぎて、子供がいるってこと、忘れてるんじゃないかしら。妻がいることは憶《おぼ》えてても」

ひとみが冗談めかして言った、その表情に令子はふと寂しげなかげを見たような気がした。

すると、居間のドアがサッと開いて、

「いつ、お前のことを忘れた？」

と、にこやかな笑顔の紳士が立っていた。

「パパ！」

ひとみが飛び上がるように立ち上がった。

「帰ってたの？」

駆け寄って、父親の首にしがみつくひとみ。

がっしりとして、背も高い末川は、娘を軽く抱き上げて、

「母さんとデートして来たんだ」

と、笑って言った。

「ずるい！　私だけ、いつも除《の》け者なんだから！」

ひとみが笑いながら言った。

「ママが、いやにソワソワと出かけてったと思ったんだ！　浮気しに行くのかと思ったら、パパとデートだったのか。つまんないの」

「何を言ってるんだ」

と、末川は娘を下ろした。

「あ、パパ。――ね、こちら家庭教師の大宅令子先生よ」

令子も、ひとみの父親に会うのは初めてだった。

「――初めまして、大宅です」

令子が立ち上がって挨拶すると、

「これはどうも。いつもひとみがご迷惑をかけているんでしょう」

末川が足早に寄って来て、令子の手を力強く握った。親しみのこめられたその手の大きさと力強さが、令子には快い刺激に感じられる。

「ね、パパ、美人でしょ、先生？」

「ひとみさん――」

「まったくだ。私のほうが家庭教師をお願いしたいくらいだ」

「やあね、パパったら！　中年男はすぐこれだ。ねえ、先生？」

令子は、何とも返事のしようがなく、ただ笑っていた。

「パパ、ママは一緒じゃなかったの？」

「ママはホテルで待ってる。お前と一緒に食事をしようと言ってな」

「あら、それじゃ、先生も一緒に。ねえ、パパ？」

「そんなのいけないわ」

と、令子は首を振った。

「じゃ、私はこれで失礼しますわ。ひとみさん、続きはこの次に――」

「だめ！　ね、パパ。パパの魅力で先生を引き止めてよ」

「でも――」

「いや、大宅さん」

と、末川が令子の肩を軽く叩いて、

「いい鴨《かも》肉が入っているんです。ところが、ふたり分でオーダーしないと食べられない。家内とこのひとみは鴨を食べないので、先生においでいただけると、私も大変助かるのですよ。いかがでしょう？」

うまい誘い方である。おごってやる、という押しつけがましさもない。

令子としても、これを断るのはかえって失礼ではないかと思った。

「私、鴨は大好きですの」

と、令子は答えた。


「――パパ、今、何と言ったの？」

ひとみの声の調子が急に変わったので、令子は、びっくりして皿から顔を上げた。

だが、末川のほうはちょうどテーブルへやって来た、レストランの支配人と言葉を交わしていて、娘の様子には気がつかなかったようだ。

末川の夫人——つまりひとみの母親ときたら、これはもう、ひとみがこうもしっかり者に育ったのも肯けるくらい、呑気そうで、いや、少々呑気を通り越してボンヤリしている。顔立ちはさすがにひとみとも似たところがあって、なかなかの美人だが。

「このソース、とってもおいしいわね」

と、末川夫人がおっとりと言って、

「ひとみ、鴨の肉のお味はどう？」

「私、鴨じゃないの。鴨は先生」

「あ、そうだったわね。ごめんなさい。先生もとってもお若いから、ひとみと間違えちゃったわ」

「まあ、恐れ入ります」

と、令子は笑顔で言ってから、チラッとひとみのほうを見た。

確かに、少し青ざめている。いったいどうしたというんだろう？

レストランの支配人が立ち去ると、末川はひとみのほうを見て、

「ひとみ、何か言ったか？」

「別に——ただ、本当かな、と思って」

ひとみはさりげない口調で、答えた。

「何の話だ？」

「あの家を取り壊すって」

「ああ、さっきの話か。本当だよ。だいぶ前から、あの土地は私のものなんだ」

「知らなかったわ」

「前の持ち主のほうから、私に頼んで来たんだよ。買い取ってくれないかとね。だから買ってやった。――もう二、三年前のことだ」

「それでずっと放っといたの？」

「手をつけるひまもなくてな。――ワインをもう少しいかがです、先生？」

「いただきます」

令子はグラスを手にした。

「――あそこが取り壊されるのはいいことだわ」

と、夫人が言い出した。

「あの幽霊屋敷のことか？」

令子は、末川の言葉に、ひとみがギクリとするのに気づいた。

「本当にね、空家なんですけど、幽霊でも出そうな所なんですよ」

と、夫人が令子に向かって言った。

「早く壊してしまえばいいのにと思ってたのよ。良かったわ」

「来週には取り壊して、土地を整理し、後は低層のマンションにするつもりだ。高級マンションにして、戸数《こすう》は絞る。それが周囲にも一番抵抗があるまい」

「そうね、それがいいわ、あなた」

と、夫人が肯いて、

「私も一部屋いただきたいわ。今の家じゃ、お友だちをよぶには狭くて」

「あのおたくでですか？」

令子は唖然《あぜん》として言った。

「そうだな。それに、将来、ひとみが結婚したときに住んでもいい。うちから大した距離じゃないしな」

「私——いやよ、あんな所。気味が悪いわ」

と、ひとみは、ちょっと冗談めかして言ったが、目はじっと伏せたままだった。

「あの幽霊屋敷に住むわけじゃないぞ」

と、末川は笑った。

そして——豪華なディナーは終わって、令子もワインで快く酔い、最高の気分だったのだが……。

デザートのためにテーブルを移ると、末川は、ちょっと席を外した。

夫人のほうは、デザートに何を取るべきか、メニューと必死で（？）取り組んでいる。

ひとみが、令子のほうへそっと顔を寄せて言った。

「後で、ちょっとお話が――」

「いいわよ」

令子は軽く肯いた。

誰かが、スッと令子たちのテーブルのわきを、すり抜けるように通って行った。たぶん店の人間だろう、と令子は思った。いや、気にも止めなかったのだ。

少々甘すぎるかな、という感じのデザートを令子たちが頼んでも、まだ末川は戻って来なかった。

「パパ、何してるのかな」

と、ひとみが、ちょっと不安そうに言った。

「お電話でしょ」

と、夫人のほうは気にもしていない。

「でも……。遅いわよ、それにしても」

令子は、ひとみがどうしてこんなに心配しているのかしら、と思った。確かに、末川はなかなか戻って来ない。しかし、子供じゃないのだ。これほど心配する理由はないように思えた。

「――私、ちょっと見て来る」

ひとみは席を立って、歩いて行った。

「まあ、あの子ったら、何を心配してるのかしら」

と、夫人が呆《あき》れたように言った。

令子は、ふとテーブルの端に、小さなマッチが置かれているのに、初めて気づいた。

こんなもの、あったかしら？　――さっきそばを通って行った誰かが置いて行ったのだろうか？

令子は、マッチを手に取った。このホテルのものではない。聞いたことのない喫茶店のものだ。

令子は蓋《ふた》を開いてみた――。

「――いや、失礼、お待たせして」

末川が戻って来る。

「仕事の話が、つい長引きましてね」

「あら、ひとみは？」

「ひとみ？　ひとみがどうした？」

「あなたが遅いからって呼びに行ったのよ」

「知らんぞ」

「あら、変ね」

「きっと入れ違ったんですわ」

と、令子が立ち上がって、

「私、見て来ます」

と、急ぎ足で、レストランの入り口のほうへ向かって歩いて行った。

出会わなかったというのはおかしい。

どこへ行くというほど、広い店ではないのだ。

令子の手の中には、あのマッチがあった。

蓋の裏には、こう書かれていたのだ。

〈幽霊屋敷を取り壊すのをやめよ。さもないと幽霊の復讐がある〉

「キャーッ！」

鋭い悲鳴が、令子の耳を打った。

ひとみの声だ！

令子は立ちすくんだ。

白昼の殺人

「真っ昼間の幽霊くらい、見すぼらしいもんってないだろうな」

と、新村誠二《にいむらせいじ》は車を運転しながら言った。

「呑気なこと言って」

令子は誠二をチラッとにらんで、

「ことによったら、殺人事件になるかもしれないのよ」

「まったくね」

と、誠二はため息をついて、

「君はどうしてそういうことに首を突っ込みたがるんだ？」

「別に、突っ込みたいわけじゃないわよ」

と令子が言い返す。

「ただ……。成り行きで仕方ないんじゃないの」

まあ、令子としても、多少そういう冒険を楽しんでいるという点、なきにしもあらずだったが……。

明るい午後で、青空はスモッグも風で吹き払われて、いたってきれいなものだった。

誠二はプロのカメラマン。令子の恋人にしては少々年齢がいっていて、二十七歳だが、仕事柄、見た目はずっと若い。

従って、そうアンバランスな取り合わせでもなかった。

実際、アンバランスじゃ困るので、誠二は目下令子にプロポーズ中。回答を保留している令子としては、たいていのことなら誠二に言うことを聞かせられるという、強い立場にあった。

「——今日は仕事あったの？」

と、令子が訊《き》いた。

「いや、少し息抜きしようと思ってたところさ。——かえってこっちのほうが疲れるかもしれないけどな」

「悪かったわね」

と、令子は澄まして、

「でも、あなた美少女好みでしょ。だったら、ひとみさんのこと、気に入るわ、きっと」

「ひとみって——その、幽霊を見た、っていう女の子？」

「そう。――あ、そこを曲がって」

「どっちへ?」

「どっちでも適当に」

「そんな馬鹿な」

こういう案内役にもかかわらず、何とか誠二たちの車は、目的地へ着いた。

「――あれか」

誠二がスピードを落として、車を停めながら見とれていたのは、肝心の幽霊屋敷じゃなくて、その門の前に立っている、ジーパン姿の少女のほうだった。

「あれが、末川ひとみさんよ。どう?」

「来たかいがあった!」

「でしょ?」

令子は、フフ、と笑った。

誠二が他の女の子に見とれていても、腹も立てずにいられるというのだから、なかなかの余裕である。

「――先生、すみません」

ひとみがペコンと頭を下げる。

「いいの。こういうこと嫌いじゃないから」

と、令子は言った。

「――この家ね？」

「そうです」

令子は、荒れ果てたその屋敷を眺めた。

なるほど幽霊のひとりやふたり（と数えるのかしら？）出て来てもおかしくない感じだけど……。

「でも、ちょっと意外だったな。ひとみさんがこんな所で男の子とデートしてるなんて」

令子の言葉に、ひとみはちょっと照れた様子で、

「しばらく外国にいたでしょ。向こうじゃ、十六にもなったら恋人ぐらいいて当たり前なんですもの。ただ――父は結構やかましいんですよ、あれで」

「当然でしょうね。――あのときの彼は？」

「シュンとしてます。すみません、心配かけて……」

「勇一《ゆういち》君っていったっけ？」

「そうです。佐木《さき》勇一。――十八なんですけど、子供みたいで……」

と、ひとみが顔をしかめる。

「よいしょ」

誠二が、重いカメラのケースを肩に下げてやって来た。

「さて、記念撮影でもしようか」

「ともかく中へ入りましょ」

「おはらいとかしなくて大丈夫かな？」

誠二が真面目くさった顔で言った。

――ひとみがホテルのレストランで悲鳴を上げたのは、結局どういうこともなかったのだが――女子のトイレにひとみが入って、手を洗っていると、突然、ヌッと男の顔が鏡に映ったのだ。

それが例のボーイフレンド、佐木勇一だったのである。

「本当に馬鹿みたいだわ」

と、ひとみは改めて腹を立てて、

「二回ぐらいデートを断っただけで、どうして嫌いになったんだ、とか、僕に飽《あ》きたのならそういってくれとか……。男の子って、どうしてああせっかちなんでしょう」

「さあね」

令子は、門を入り、その「幽霊屋敷」のほうへと歩いて行きながら、誠二を見て、

「ご意見は？」

と言った。

「男ってのは、それだけ純情な生きものなのさ」

と、誠二は分かったような顔で肯いた。

「——ここが幽霊屋敷か」

「ドアは開いてると思います」

ひとみの言葉通り、誠二が引っ張ると、ドアがスッと開いて来た。

「気をつけて。——昼間から、幽霊も出ないと思うけど」

と、令子は中へ入りながら言った。

「しかし、君が見つけたマッチの文句は、人間が書いたんだぜ」

「そう。どうしてあんなレストランにまで来たのか。奇妙ね」

「——その奥のドアです」

と、ひとみが指さした。

「あなたと佐木勇一君がデートしてた小部屋ね?」

「ええ。でも何もなかったんですよ」

と、ひとみは強調した。

「今はそっちの問題はどうでもいい。問題は幽霊が、君のお父さんを殺そうとしているのかどうかってことだ」

誠二はそう言いながら、ドアを開けた。

古ぼけたソファがひとつあるきりの、空っぽの部屋である。

「どこか変わったところ、ある?」

と、令子は訊いた。

「いいえ、別に……。でも、あのときは、夜でしたから」

「ちょっと写真を撮っとこう」

誠二が、ケースを開けて、カメラを出し、小部屋の中の様子を撮り始めた。

「ひとみさん、あなた方が隠れてて、その『幽霊たち』が話をしているときに、ライトが見えたと言ったわね。それは何だったの?」

「分かりません。確かに、門のほうが、この窓から見えるんで、ライトがあったのは、分かりました。誰かが門からこの家のほうへと歩いて来ていたんです。でも――入っては来ませんでした」

「じゃ、あなたと勇一君がここを出たときには――」

「もう誰もいませんでした」

カシャ、カシャ、とシャッターの落ちる音が、小部屋の中に響いた。

「――よし。これで現像して幽霊でも写ってたら面白いけどな」

「やめてよ。――その幽霊のひとりが、床から姿を消したのね」

「そうです。そのへんが外れると思うんですけど」

令子はかがみ込んだ。床に、四角く線が入っている。

「これだわ。——ねえ、誠二さん。これ、開けてよ」

「よし、待てよ。——ほとんど隙間《すきま》がないな。ナイフの刃か何かでないと、入らないぞ」

「下から押し上げるようになっているのね。ナイフ持ってる？」

「うん。——おい、見ろよ。同じように、こじ開けた奴がいる！」

「どこ？」

なるほど、誠二が指さしたあたり、狭い隙間に何かを押し込んだ跡がついている。

「誰がやったんだろう？」

「さあ……。ともかく開けて中に入ってみましょうよ」

「怖くないか？　お父さんにでも連絡して——」

「何よ、怖いの？」

誠二はムッとしたように、

「君のことを心配してるんじゃないか！」

「私のことはご心配なく」

と、令子は平気な顔で言った。

「分かったよ」

誠二は、ナイフの先を、細い溝にさし込んで、力を入れた。ガタガタと少し板が動いて端が持ち上がって来る。

「――よし、と。さあ開いた」

「懐中電灯」

誠二が中を照らして覗き込む。

「――はしごがある。下から、横に通路があるみたいだな」

「どこへ行ってるのかしら?」

と、ひとみが言った。

「入ってみれば分かるわよ」

令子の答えは、単純明快である。

「じゃ、入ってみよう。僕が先に入る。ここで待って……いないだろうな」

「もちろんよ」

かくて、誠二、令子、ひとみの順で、はしごを下りて行ったのである。

深さは二メートル半くらいのものだろう。下は土で、両側の壁は、石が積んである。

「かなり古いな」

と、誠二が、石に触ってみて、言った。

「この屋敷だって、相当のもんでしょ。――通路、通れそう?」

「うん。ただし、真っ暗だぜ」

「地下鉄でも通ってるのかしら」

「まさか」

——誠二が先頭に立って、通路を進んで行く。

「これ、どっちの方向かしら？」

と、令子は言った。

「たぶん——あの屋敷の裏手のほうへ向かってるんじゃないかな」

「裏手……」

と、ひとみが呟くように言った。

「あの裏手に何があるの？」

「真裏ってわけじゃないんですけど……。表をグルッと回って行くと——」

と、ひとみが言いかけたとき、

「キャッ！」

と、令子が叫んだ。

「おい、どうした！」

「いえ——水がポタッって——顔に当たったの。大丈夫よ。きっと雨水がしみ出して——」

「——違うよ」

と、誠二が、懐中電灯で令子の顔を照らすと、息を呑んだ。

「え？」

「手を見てみろ」

濡れた顔をこすった手を明かりの中で見て、令子は目を見開いた。——手が真っ赤だ。

「血だわ」

「上から？」

「ええ……」

懐中電灯を、誠二は上に向けた。

通路の天井は、一メートルほどの間隔で、太い柱を渡して支えてあった。その柱の間に、白い布にくるんだものが、押し込まれている。

「あれ……人間だわ」

と、令子が言った。

「それくらいの大きさだな」

その布に、赤くしみが広がって、そこから血が下へ滴《したた》り落ちているのだった。

「引き返そう。こいつはもう僕らの手にはおえないよ」

「うん……」

さすがに、令子もすぐに肯いた。

「でも――」

と、ひとみが上ずった声を出して、

「もしかしたら生きてるかもしれない！」

誠二と令子は、顔を見合わせた。

「それはそうだな。――よし、君、これを持っててくれ」

と、懐中電灯を令子に渡すと、天井に向かって力いっぱい飛び上がった。

天井そのものが低いので、手がうまく、その布をつかんだ。ぐいと布が引っ張られ、その包みが、ズルッと動いて、誠二の体が下へ下りると、それについて来るように落ちて来た。

「――中を見て」

令子が駆け寄る。

「ひとみさん、見ないほうがいいかも――」

「大丈夫です」

「これは、きっとシーツか何かだな」

誠二は布をめくった。

顔が現れた。——ひとみが、アッと叫びを呑み込んだ。

「——知ってる顔？」

と、誠二が訊く。

令子が代わりに答えた。

「これは佐木勇一君だわ。ひとみさんのボーイフレンドの……」

「どうして——どうしてこんなことに——」

ひとみはショックで、ただぼんやりしている。誠二は、少し調べてから、首を振った。

「——死んでるよ。やっぱり、令子、君のお父さんの出番だな」

「分かったわ。戻って、一一〇番して来る」

「僕はここにいるよ。もし——」

誠二は言葉を切った。

誰かが、この通路へと下りて来たのだ。足音。そして明かりがふたつ、いや三つも——。

「誰か来るわ」

逃げようもなく。令子は突っ立っていた。明かりが令子を照らすと、

「ワッ！」

と声がした。

「お、おい！　何だいったい！」

その声――。令子は、目を丸くした。

「パパ！」

「令子か！」

大宅警部の声だった。

「どうしたの、いったい？」

「お、お前こそ、大丈夫か！」

あ、そうか。

自分じゃ分からないが、血が顔にたれて来て、それを手でこすったのだから、相当凄い顔になっているだろう。それが明かりの中にスッと浮かび上がったら……。

大宅警部だって、腰を抜かすのも無理はないというものだった。

殿堂の主

「お待たせしたね」

と、顔を上げたのは、新聞や雑誌でも、かなり見なれた人物だった。

「お忙しいところを、申し訳ございません」

と、藤沢《ふじさわ》刑事は頭を下げた。

「いや、お仕事ですからな。どうぞ、おかけ下さい」

と、並木安郎《なみきやすろう》は、椅子を示した。

体つきもがっしりとして、ちょっと日本人ばなれしている。科学者としてのスケールも同様だった。

藤沢も、さすがに少し緊張している。

大宅の部下で、三十三歳、独身。ついでながら、誠二と同様、令子に惚れているのである。

「申し訳ないが、十五分ほどしか時間が取れないのです」

と、並木は言った。

「よく承知しております」

と、藤沢は、咳払いをして、

「長官は、この事件のことをご存知でしょうか」

と、新聞の切り抜きを並木の前に置いた。

――科学技術庁長官は、それを取り上げて見ると、

「ああ、私の家の近所で、死体が見つかったとか……。家内が、確かそんなことを話していましたね。よく聞いていなかったが」

「実は――」

と、藤沢は、死体が発見された地下道のことを手短に説明して、

「その現場は、お宅のすぐ裏手なのですが、そんな地下道があるということを、ご存知でしたか」

と訊いた。

「いや、いっこうに」

と、並木長官は首を振った。

「あのへんは古い家が多いですからな。私の家も相当古いが……」

「では、地下道のことを、耳になさったことはない、と……」

「ありませんね」

「あの『幽霊屋敷』と呼ばれていた家のことは、何かご存知ですか」

「私が子供のころは、まだ誰かがあそこに住んでいたように憶えていますよ。しかし、どんな人が住んでいたかは、まったく憶えていません」

「そうですか」

藤沢はメモを取った。

「刑事さん。なぜ、私がその家のことを知っていると思われたんです?」

と並木が訊いた。

「実は、その地下道を辿《たど》って行きますと、お宅の庭へ出ることが分かったんです」

藤沢の言葉に、並木は愕然《がくぜん》としたようだった。しばらく声も出ない様子だったが、

「いや、驚いた!」

やっとの思いで、言葉が出て来た、という感じである。

「まったくご存知なかったんですね」

「もちろん。いや——妙だと思われても仕方ない。私は、生まれてこの方、五十年もあの家に住んでいるんですからな。それなのに、何も知らなかったというのは……」

「広いお屋敷ですから」

藤沢の言葉に、並木は、少しホッとしたように肯いた。

「そう。庭は広くて、しかも木が多くて……。確かに、隅から隅まで知っているかと訊かれると困りますね」

「それで長官、大変申し訳ないことなのですが、お宅の庭の中を捜索させていただきたいのです」

と、藤沢は身を乗り出して、

「もしかすると、犯人がお宅の庭から逃亡したとも考えられるものですから」

「なるほど。いや、それはもちろん構いません。当然、調べて然《しか》るべきだ」

「決してご迷惑はおかけしません。庭のみの捜索で、お宅に上がらせていただくことは、まずないと思います」

「必要なら、おっしゃって下さい。私としても、殺人犯がうちの庭を出入りしているなどというのでは、心配ですからな」

「ご了解いただけて幸いです。——では、今日にでも早速……」

「もちろん。私が電話を入れておきましょう」

「そうしていただけると助かります。ありがとうございました」

と、藤沢は立ち上がって、一礼すると、長官室を出た。

そして、フーッと息を吐き出すと、額の汗を拭ったのだった……。

科学技術庁の建物を出ると、藤沢は、駐車しておいた車のほうへと歩いて行った。

どう見ても「科学技術」の場にふさわしくない古い車にもたれて立っているのは、もちろん大宅である。

「どうだった?」

と、藤沢へ声をかける。

「いや、疲れました!」

と、藤沢は苦笑して、

「しかし、快《こころよ》く承知してくれましたよ。すぐに自宅へ電話しておいていただけるそうですから」

「そうか。いや、長官になるほどの人物なら当然だな」

大宅の言葉に、藤沢は、笑い出しそうになるのを、何とかこらえた。

大宅が行くべきところを、藤沢が代わりに並木長官に会いに行ったのは、大宅が、

「俺は偉い奴は苦手なんだ。だいたい、そういうのは、いばりくさった俗物と決まっとる」

と言って、ここにいると頑張ったからなのである。

「じゃ、早速戻って、準備を――」

「もう準備は済んどる。並木邸の近くで待機してるんだ。行こう」

大宅がさっさと車に乗り込む。藤沢は呆れ顔でため息をつくと、運転席についた。

「じゃ、直接、並木邸ですね」

「もちろんだ。令子もいるはずだ」

藤沢はエンジンをかけて、

「しかし、令子さんは新村君にプロポーズされてるそうですよ」

「OKしたわけじゃあるまい。勝負は最後の最後で決まるもんさ」

大宅は、分かったようなことを言った。

「あんまり期待を持たせないで下さい。罪ですよ」

と藤沢は笑って言うと車をスタートさせた。

ガシャーン！　――車がぶつかる音に、藤沢は急ブレーキを踏んだ。

「ワッ！」

大宅が、フロントガラスに、額をぶつけて声を上げる。

「すみません！　でも、あの車――」

ぶつかったのは、藤沢の運転している車ではなく、その前に出て来たライトバンだった。

どこかの業者の車らしいが、それにまともにぶつかって来たのが、真っ赤なスポーツカー。

こんな場所には、いかにも不似合いな車だった。

「ひどいな、あのスポーツカーは」

と、藤沢が顔をしかめた。

「おい！　何やってんだ！」

ライトバンの運転手が、降りて来て、スポーツカーを怒鳴《どな》りつけたのも当然である。

「――何だよ」

スポーツカーから出て来たのは、二十五、六の若者で、しかし、ちっとも若者らしさのない、見るからに遊び暮らしているというタイプだった。

「ウインカーも出さないでいきなり曲がって来る奴があるか！」

と、ライトバンの男は顔を真っ赤にして怒っているが、相手は鼻で笑って、

「こわれたって大して変わりのねえボロ車じゃねえか」

「何だと？」

ライトバンの男が、若者の胸ぐらをつかむ。――見ていた藤沢が、車を出ようとした。

「待て」

と、大宅が止めた。

「でも、警部――」

「様子を見よう」

若者のほうはいっこうに怖がる様子もない。

「手を放しなよ」

「何だ？　貴様――」

「俺はな、ここの長官の並木の息子だぜ」

藤沢と大宅は、額を見合わせた。

「お前さん、ここに出入りしてんだろ？　だったら、俺を殴ったりしないほうが利口だな」

「でたらめ言うと……」

「じゃ、誰にでも訊いてみな。それとも、俺と一緒に親父《おやじ》に会いに行くかい？」

ライトバンの男は、気勢をそがれて、振り上げた拳を、どうしていいか分からない、という恰好だ。

「おい！　どうするんだ！」

若者が、急にドスをきかせた声を出した。

「文句があるのか？　それなら、仕事がなくなるのを覚悟で談判に来いよ」

若者は、さっさとスポーツカーに戻って、立ちすくんでいる、ライトバンの男を尻目に、車を奥の駐車スペースへと進めて行った。

「——ひどい奴だな」

藤沢は、ボディをへこまされたライトバンが、結局諦めた様子で、走り去るのを見送って、言った。

「あれが並木の息子か」

大宅は呆れ顔で、

「親父の人格も疑わしいな」

と、言った。


「ひとみさん……」

と、令子は言った。

「私のせいだわ」

ひとみは、じっとソファにかけて、身じろぎもせずに言った。

「そんなことないわよ」

と、令子が慰《なぐさ》めても、耳には入らない様子。

「勇一君、私にいいとこ見せようとして……。あの地下道にひとりで入ったんだわ。そして殺されてしまった……」

ひとみは、顔を両手で覆《おお》った。

ら。

令子としても、何ともしてやれない。ひとみの考えが、おそらく正しいのだろうか

末川家の居間で、ふたりは、ほとんど口もきかずに、沈み込んでいた。

ドアが開くと、誠二が入って来た。

「どうだって？」

「今、連絡が入ったみたいだよ」

「これから、お父さんたちが戻り次第、捜査を始めるそうだ」

「じゃ、誠二さん、あなたも行って、見て来てね」

令子の言葉に、誠二は、ちょっと意外そうに、

「君、来ないのか？」

「私、ひとみさんとここで待ってる」

と、令子は言った。

「いいえ！」

ひとみがパッと顔を上げて、

「私も行きます！」

「ひとみさん。気持ちは分かるけど――」

「一緒に行きます」

と、ひとみはきっぱり言い切った。

「――分かった」

誠二は、いくら反対してもむだな女の子には慣れているので、

「じゃ、また迎えに来るよ」

と、肯いて見せ、出て行った。

ひとみは、ちょっと申し訳なさそうに、

「勝手ばっかり言って、私……」

「お互いさま。人のこと言えた私じゃないわよ」

と、令子は微笑んだ。

そう。ここで、じっとこうして落ち込んでいるよりは、まだ動き回っていたほうがいいかもしれない。

「――でも、妙ですね」

と、ひとみが言い出した。

「何が？」

「今、考えてたんですけど。なぜ、勇一君を殺して、あんな所に放っておいたんでしょう？」

「運び出せなかったからじゃない？」

「それにしても……。ひとつ、分からないのは、あのとき、私と勇一君が見ていたことを、あの幽霊は知っていたのかどうか、ってことです」

「そうねえ」

令子は、曖昧《あいまい》に言った。

あのマッチ。――末川に当てたと思われる脅迫の言葉の書かれてあったマッチのことは、ひとみに話していなかった。

もちろん、父の大宅にマッチを渡してどこの喫茶店のものなのか、調べてもらっているのである。

しかし、結局、やはり殺人事件は起こってしまった。

様子から見て、偶発的なものらしく思えたが、それでも殺人であることには間違いないのである。

そうなると、ひとみが見たという「幽霊」なるものの話――あの屋敷を取り壊すという話も、事実と思ったほうがいい。

令子が言うまでもなく、大宅は、刑事をひとり、末川につけて、護衛兼、監視をさせている。

佐木勇一を殺して、犯人（あるいは犯人たち）も二度目はためらわないだろう。

ひとみの身にも、危険が及ぶことを考えておかなくてはならない。

ドアが開いて、誠二が顔を出すと、

「来たぞ、大宅さんたち。僕らも行こう」

と、声をかけた。

「ええ！　じゃ、ひとみさん――」

「はい！」

ひとみは元気よく立ち上がった。

今は、くよくよと考えているより、何か行動すべきときかもしれない。令子は、ひとみの肩を軽く叩いて、一緒に居間を出た。

「この家庭教師は、探偵も教えるのか」

と、誠二が冷やかすように言った。

天の声

「これが――?」

と、令子は言った。

「うん。この喫茶店だよ」

と、藤沢刑事が言った。

「これが、喫茶店?」

妙な場所だった。

どんよりと曇って肌寒い日だったから、余計にそう思えたのかもしれないが、しかし、それはどう見ても〈倉庫〉だった。

三階建てぐらいの高さがあり、大きな扉がついている。まあ、巨大、という形容詞にはふさわしくないとしても、かなり大きな倉庫ではあった。

「ほら、そこにドアがある」

藤沢に言われて、令子は、大きな扉とは別に、隅のほうに頭をぶつけそうなほど小さなドアがあるのに気づいた。

なるほど、そこには〈喫茶・ファントム〉とある。

「変なの」

こんな所に店があっても、お客がいるのかしら？

だいたいが、にぎやかな場所ではなく、かなり古びた空家とか、いつ仕入れた品物が並んでいるのか心配になるお菓子屋ぐらいしか目につかない。

「ともかく入ってみよう」

と、藤沢が言った。

「ええ。——何だか気味が悪いわね」

と、ドアを開けようとして、ふと令子は気づいた。

〈ファントム〉って、幽霊って意味があるんじゃなかったかしら？

中へ入ると、令子は、目を丸くして、立ちすくんでしまった。

広い——何しろ倉庫の中全部が喫茶店なのである。そして、ズラリと並んだテーブルと椅子が、ほぼ満席！

ゴオーッと、話し声が高い空間に反響して、めまいがしそうなやかましさだった。

「いらっしゃい」

と、エプロンをつけた女の子がやって来る。

「ええと——席はある？」

藤沢のほうも、だいぶ雰囲気に呑まれている感じだ。

「どうぞ」

女の子について行くと、だいぶ隅っこのほうに空いたテーブルがあった。

ガタつく椅子に座って、コーラを注文してから、藤沢は、

「マッチあるかい？」

と、女の子に訊いた。

「はい」

出されたのは、あのマッチとはぜんぜん違う、黒一色の、ちょっとキザなデザインだった。

「——凄い人ねえ」

と、令子は呆れて言った。

「若者ばっかりだ。何だか、急に老《ふ》け込んだ気分だなあ」

と、藤沢がため息をついた。

「しっかりしてよ」

と、令子が笑った。

「ともかく、手がかりのない事件だからなあ」

——並木邸の庭の捜索は、結局空振りに終わってしまった。

確かにあの地下道は、並木邸の庭の中に出口を持っていたのだが、家の中からはまったく見えない場所で、しかも古い家だけに、塀も傷《いた》んでいて、外からの出入りも容易、というわけだった。

誰かが出入りしていたらしい痕跡《こんせき》はあったものの、それだけでは何の手がかりにもならない。

「しかし、ここへ来てるのは、どういう子たちなんだろうね」

と、藤沢が見回していると、

「令子！　令子じゃない」

と、女の子の声が飛んで来た。

令子がびっくりして振り返る。

「あ——なんだ、清子《きよこ》」

「令子、珍しいじゃない、こんな所に」

と、やって来たのは、同じ大学の子で、見るからに、ちょっとまともでない……。

「藤沢さん、この子、大学の吉川《よしかわ》清子。演劇部にいるの」

と紹介されて、

「なるほど」

と、藤沢は納得した。

「令子、どうしてこんな所に来たの？」

と、清子が空いた椅子にかける。

「ちょっとね。——ね、清子、この店、どういう客がよく来るの？」

「知らないで来たの？　珍しい人ね」

と、清子は笑って、

「ここは、演劇やってる若い子のたまり場よ」

「演劇？」

「そう。見りゃ分かるでしょ、ここは元は倉庫だったの」

「うん」

「それを、〈幽霊〉っていう劇団が、借りてね——」

「〈幽霊〉ですって？」

令子はハッとした。ひとみの聞いた〈幽霊〉というのは、もしかしたら……。

「そう。ここで、練習したり公演したりしてたの。だいぶ昔の話よ」

「今は？」

「もう、その劇団、解散して、ここも使わなくなったわけ。で、そのメンバーのひとりだった人が、ここを買いとったの。どうせ空いた倉庫だし、タダ同然だったらしい

「じゃ、その人が、ここを?」

「そう。喫茶店にしたら、大当たりってわけよ。変わってるでしょ、こんな喫茶わ」

店?」

「確かにユニークだね」

と、藤沢も肯いた。

「評判にさえなりゃ、若い子は学校さぼっても来るもの」

「なるほど」

「ね、清子、この店の持ち主に会えない?」

「持ち主?」

「その、劇団をやめたっていう人」

「ああ。でも、いつもはここにいないのよ。店は人に任せてね」

「責任者の人でいいわ。ちょっと話を訊きたいの」

「じゃ、捜してあげようか。若くてカッコいい人なんだ」

「お願い」

「待ってて」

と、清子が、首から何重にもぶら下げた鎖《くさり》みたいなネックレスをジャラジャラいわせながら歩いて行った。

「――その劇団と何か関係があるのかもしれないな」

と、藤沢が言った。

「私も同感。ひとみさんの見た、幽霊っていうのも、あんまりお芝居じみてるでしょ？　もし、舞台用の衣装だったとしたら、分かるじゃないの」

「うん。しかし、それと殺人とどうつながるのか、だね」

「そんなの、私にだって、分かんないわよ」

と、令子は肩をすくめた。

吉川清子に引っ張られて来たのは、それこそ役者にしてもおかしくないような、背の高い若者だった。店の客たちにも人気があるらしく、盛んに声をかけられている。

「ここの責任者の黒木《くろき》です」

と、挨拶して、目は令子のほうへ向きっ放し。

「あのね――ちょっと失礼」

と、藤沢は咳払いして、

「こういう者なんだけど」

警察手帳を見せた。

「はあ、どうも。――いや、可愛い！」

黒木という若者、ぜんぜん、藤沢のほうは無視している。

「へえ、刑事さんなの？」

吉川清子のほうが珍しそうに藤沢を眺めていた。黒木が振り向いて、

「刑事？」

「そう。ちょっと訊きたいことがあってね」

「ここは健全な店ですよ」

「分かってるよ。——この店のマッチかね？」

と、例のマッチを取り出して見せると、

「やあ、こいつは……。よくこんな古いのを持ってますね」

「古い？」

「この店ができてすぐのころ、このマッチだったんです。僕はまだ客だったんだけど」

「すると、今はこの新しいやつに？」

「ええ。もう三年ぐらいになるんじゃないかな」

と黒木は言った。

すると、これに脅迫文を書いた人間は、三年以上前にここの客だったと考えていいだろう。

「このマッチが、どうかしたんですか？」

と、黒木が訊く。

「いや……。それで、この店の持ち主というのは誰なんだね？」

と、藤沢が訊くと、黒木は、ちょっと困ったような顔になった。

「持ち主ですか……」

「しゃべっちゃいけないとでも言われてるのかね？」

「いえ、そういうわけじゃないんです」

「じゃ、どうして――」

「いや、知らないんですよ、僕も」

藤沢と令子は顔を見合わせた。

「知らないって――しかし、君、ちゃんと給料はもらってるんだろ？」

「ええ。郵便でアパートへ送られて来ます。ここを頼まれたときも、電話だけでしてね。給料、悪くなかったし、ちょっと変わった奴だな、と思ったけど、たいして気にもしなかったんです」

「でも――」

と、令子が口を挟む。

「確か、前に劇団をやってた人なんでしょ？」

「そう。自分でそう言ってたけどね、でも、名前は聞かなかったな」

「何か、急に連絡を取りたいときには、どうするんだね？」

と、藤沢が訊いた。

「こんな店で、そういうことって、あんまりないですからね。——月に一回、電話がかかってきます。そのときに一カ月の売り上げとかを報告するんです」

「なるほど……」

——黒木という、店の責任者は、それ以上のことは知らないようだった。令子と藤沢は、礼を言って、その「倉庫喫茶」（？）を出た。

「——ああ、ホッとする」

と、令子が息をつく。

中が相当にうるさいのが、出てみてよく分かるのである。

「ね、藤沢さん、ここの持ち主、調べられない？」

「そりゃできるよ、ちゃんと税金だって、納めてるはずだからね。少し時間はかかるかもしれないが」

「でも、なぜ、あのマッチを使ったのかしらね」

と、令子が首をかしげて、

「だって、普通のメモ用紙にでも書けば、済むことじゃないの」

「うん、それもそうだ」

「何かわけありね。ということはつまり――」

「おや?」

藤沢が足を止めた。

「どうしたの?」

「あの車――」

と、藤沢が目にとめたのは、赤いスポーツカーだった!

藤沢から、科学技術庁での出来事を聞いた令子は、

「じゃ、これが並木長官の息子の車?」

「だと思うがね。――ほら、見てごらん」

スポーツカーの前に回った藤沢は、へこんだバンパーを指して、

「ライトバンにぶつけた跡だ」

「ここに車を停めてるってことは……」

「あの店にいたのかもしれないな」

と、藤沢が肯いていると、

「おい、何だ、てめえ」

聞き憶えのある声がした。

「並木長官の息子さんだね」

と、藤沢が言った。

「何か用か？　車をかっぱらおうってんじゃねえだろうな」

藤沢が手帳を見せて、

「あの店にはよく行くのかね？」

と訊くと、

「訊問なら、弁護士立ち会いの所でやってくれ。――どけよ。俺は忙しいんだ」

と、構わずスポーツカーへ乗り込む。

令子が、何を思ったのか、

「藤沢さん、先に帰ってて」

と言うなり、並木のスポーツカーにさっさと乗り込んでしまった。

「おい――」

藤沢が呆気《あっけ》にとられている内に、スポーツカーはエンジン音もけたたましく走り出して行った……。

「――ホテルにでも行きたいのかよ」

と、並木の息子が言った。

「いいわね」

令子は微笑んで、

「ケーキのおいしいのが食べたかったんだ、私！」

「何だって？」

「私、大宅令子よ。あなたは？」

「俺か？　俺は――」

「『長官の息子』って名前？」

「並木――正一《しょういち》だよ」

そう言って、苦笑いすると、

「変な奴だな。でも可愛いぜ」

「サンキュー。ねえ、最近〈P〉っておいしいケーキ屋さんができたの、知ってる？」

「そんなもん、知るか」

と、並木正一は肩をすくめてから、少しして、

「――どのへんだ？」

令子が笑い出した。並木正一は、ジロッと令子をにらんだ……。それから、一緒になって笑った。

「――なあ、お前、どうして俺が甘党だって知ってんだ？」

「この車、目立つわよ。六本木《ろっぽんぎ》の〈A〉じゃ、評判だもの。赤いスポーツカーでやって来て、ケーキを三つ食べて帰るキザな奴って」

「見られてたか」

「そう突っ張らなくたっていいんじゃない？　どうせ、ぶつけたライトバンにも、後で、お金、払ったんでしょ？」

並木正一は、ギョッとしたように令子を見た。

「どうしてそんなことが分かるんだ？」

「女の直感」

令子は、ニヤリと笑った……。


「――うん、こいつはうまいや」

並木正一は、新製品のケーキをペロリと平らげて、

「クリームの使い方がいい。デザインも悪くないや」

「でしょ？」

紅茶を飲みながら、令子は言った。

ケーキで有名な店なので、客の九割方は女の子。並木正一は、そんなことなどいっ

こうに気にせずに、

「もう一種類のほうも頼もう。──おい、ちょっと！」

令子は、見ているだけで胸焼けがして来た。

「──ねえ、並木さん」

「うん？」

「あの〈ファントム〉って店には、よく行くの？」

「そうだな。週に一、二度は顔を出してるよ。どうして？」

「あなたのお宅に通じる地下道で死体が見つかったの、知ってるでしょ」

「ああ。──聞いた」

正一は、なぜか目をそらした。

「その事件と、あの店、何か関係ありそうなの」

正一がドキリとした様子で、

「どうしてだ？」

「あの店を、どうして知ったの？」

正一は、少し間を置いて、言った。

「あの店の持ち主が、うちの親父だからさ」

再び夜に

末川ひとみは、ぼんやりと道に立って、あの「幽霊屋敷」を眺めていた。

「勇一……」

と、呟く。

恋人——といっても、ひとみのほうが勇一に恋していたわけじゃない。むしろ、ひとみは勇一のことを、人は悪くないけど、ちょっと頼りない、ぐらいに思っていたのだ。

でも、その勇一が、殺されてしまった。

自分のせいかもしれないと思うと、落ち込んだとき、下手なジョークを飛ばして、一生懸命笑わそうとした勇一のことが、一層、切なく思い出されてきてしまう。

勇一を殺した犯人も、まだ捕まりそうになかった。

父は、いつも通り、忙しく駆け回っている。

母は、何だか自分でもよく分かっていない用事で忙しがっている……。

ひとみは、急に、ひとりぼっちになってしまった寂しさを、痛いほど感じるのだった。こんなにいいお天気の、暖かい午後なのに。

「――あら」

足音が、背後を通り過ぎようとして、止まった。

「末川さんのお嬢さんでは？」

ひとみが振り向くと、母よりは少し年齢のいった感じの、気品のある婦人が立っていた。

「はい。末川ひとみですけど……」

「やっぱり！　まあ、大きくなられて」

と、懐《なつ》かしそうに言って、まじまじとひとみを眺めるので、少々きまり悪くなったひとみは、

「あの――失礼ですけど」

と、おずおずと言った。

「あ、ごめんなさい。もう覚えてらっしゃらないわね。並木浩子《ひろこ》よ」

「あ――」

並木長官の奥さん！　――そういえば、ひとみは、子供のころ、あの家へ遊びに行った記憶がある。

　ひとみより十歳近くも年上の息子、正一が、結構親切に遊んでくれたが、その正一も、今は赤いスポーツカーを乗り回して、騒音で近所の人の眉をひそめさせている。

「――この間の事件のこと、聞いたわ」

　と、並木浩子は言った。

「あなたのお友だちだったんですってね」

「はい」

　と、ひとみは目を伏せた。

「気の毒に、若い方がねえ……。うちの庭へここから地下道が通じてたなんて、本当に気味の悪い話」

　と、並木浩子は顔をしかめた。

「奥さん」

「まあ、そんな呼び方、しないで。『おばさん』でも『おばちゃん』でも結構よ」

　と、並木浩子は微笑んだ。

「そうだわ。ねえ、久しぶりにうちへおいでなさい。すぐ近くなのに、このところ、滅多《めった》に行き来していないから」

「でも――」

「いいじゃないの」

ひとみは少しためらってから、並木浩子と一緒に歩き出した。

こんな家だったかしら？

居間に通されて、ひとみは、中を見回しながら思った。この間来たときは、庭のほうだけしか入らなかったので、家の中のことは分からなかったのである。

この前、この部屋に入ったのは、いつごろのことになるだろう？

そう……。ひとみが小さいころ、末川家とこの並木家は、わりあいによく行き来していたのだ。

それが、いつのころからか、パッタリと互いに訪問し合わなくなってしまった。

なぜだろう？　——初めて、ひとみはそんなことを考えたのだった。

「——さあ、どうぞ」

と、並木浩子が、盆にクッキーと紅茶をのせて運んで来る。

「あ、すみません」

「本当に久しぶりだわ、ひとみちゃんがここにこうして座ってるのなんて」

と、並木浩子は笑顔で言った。

ひとみは、紅茶をゆっくりと飲んで、

「並木さんのおじさんも、長官なんかになられて、大変ですね」

と言った。

「あの人はちっとも変わらないわ。相変わらず忘れっぽくて……」

「おじさん、以前は俳優さんだったんですか？」

ひとみは、令子から話を聞いていたのだ。

「え？」

浩子は、なぜかハッとした様子だったが、すぐに笑顔に戻って、

「そんなんじゃないの。ただ――好きで劇団に入っていたことがあるのよ」

と言った。

「でも、ひとみちゃん、どうしてそんなことを――」

と、浩子が言いかけたとき、グオーッとエンジンの音がした。

「正一だわ。いつもあんな音ばっかりさせて……」

やがて、ドタドタと足音をたてて、正一が居間へと入って来る。

「ああ、頭に来る！　下手くそなおばさんドライバーにこすられちまって。百万はもらわねえと合わねえな」

「正一、お客様よ」

と、浩子がにらむと、正一は、やっとひとみに気づいて、

「え？　――やあ、お前か」

と、目をパチクリさせた。

「『お前か』ってことないでしょ」

と、浩子がたしなめる。

「ともかくコーヒーでもいれてくれよ」

「はいはい」

浩子が居間を出て行くと、正一は、ソファに寝そべって、長い足を組んだ。

「久しぶりですね」

と、ひとみは微笑んだ。

「相変わらずちびだな」

正一の言い方には、どことなく暖かさがあった。

「そうだった。いつも私のこと、『ちび』って呼んでたっけ」

「泣き虫だったぞ」

「私？　そうだったかなあ」

「そうさ。――ま、一応は女に見えるようになったじゃねえか」

「ひどい！」

ひとみは笑い出した。

正一は、少し間を置いて、

「恋人——死んだんだってな」

「うん……」

ひとみは、ちょっと首をかしげて、

「恋人ってほどじゃなかったんだけど……」

「でも、ま、お前が殺されなくて良かった」

正一が、ポソンと言った。何となく、ひとみはハッとした。

「——正一さん」

「ん？　何だよ」

「私……。あの幽霊屋敷に、昔、入ったことがあったかしら？」

正一が、ゆっくりと起き上がった。

「どうしてそう思うんだ？」

「分かんないけど……。何だか、この前、あそこへ行ったとき、中に入るのは初めてだと思ってたのに、どこかで見たことがあるような……そんな気がしたのよ」

それは事実だった。——ただ、その感覚を、ずっと後になって、思い出したのだった。

「そうか」

正一は肯いた。そして、少し間を置いて、

「行ってみるか。ふたりで」

と言った。

「あそこへ？」

「うん。——今夜《こんや》。どうだ？」

「でも——」

「夜、十二時に、あの門の前で待ってる。来たくなきゃ、来なくてもいいぜ」

ひとみが、何とも返事をしない内に、ドアが開いて、浩子がコーヒーを運んで来た。

「正一。少しひとみさんのお相手をしてあげなさい」

と、浩子が言うと、正一はフンと笑って、

「こんなガキじゃ、話にならねえよ」

「まあ、何てこと言うの！」

と、浩子が正一をにらんだ。

ひとみは、不思議なときめきを覚えながら、正一を眺めていた……。

どうしよう。——どうしよう。

迷いながら、来てしまった。

あの夜みたいだ。勇一とふたりで、中へ入った。あの夜……。

夕方から、少し雲行きが怪しくなりかけていたのだが、夜に入って、更に風が強くなり、いつ雨が降り出してもおかしくない雰囲気だった。

いやだわ、と、ひとみは思った。

これじゃ本当の「幽霊屋敷」のムードになっちゃう……。

パッと雷が光って、

「キャッ！」

と、ひとみは声を上げてしまった。

少しの間を置いて、ゴロゴロと天空で大太鼓を打ち鳴らすような音。

――本当に来るかしら？　正一さん。

ただ、からかっただけかもしれない。

でも――心の中では、ひとみは信じていた。

後になって、つまり、並木家から家へ帰った後で、ひとみはふと気づいたのだった。

正一は、あんなに長いこと会っていなかったのに、一目見て、ひとみのことが分かったのだ。

それを思いついて、ひとみは何となく嬉しくなってしまった。

夕食のとき、母から、

「いやに嬉しそうね」

と言われてしまったくらいだ。

あのぼんやりの母に言われるんじゃ、きっと、令子先生も気づいてただろうな、とひとみは思った。

でも、ひとみは並木家に行ったことを、黙っていた。なぜ、ということもないけれど、末川家と並木家が、あまりつきあわなくなったのには、ひとみのよく知らない事情もあったようだったからだ。

そして十二時……。正確にはあと一、二分ある。

かなりためらったものの、結局来てしまった。正一もきっと来る。

「いい夜だな」

と、急に背後で声がして、ひとみは、

「ワッ！」

と、飛び上がった。

「何だ、怖がりだな」

正一がニヤニヤ笑いながら立っている。

「──もう！　人をおどかして」

「別に足音、忍ばせて来たわけじゃないぜ。この風で、聞こえなかっただけだろ」

と、正一はとぼけている。

「でも懐中電灯とか、ないの？」

「そんなもん持ってちゃ、幽霊に会えなくなるぜ」

と、正一は言った。

「何もなしで──入るの？」

「心配すんな」

正一は、ひとみの肩に手をかけて、

「俺たちにゃ、足がある」

「真面目になってよ！」

と、ひとみは正一をにらみつけた。

「ここで人が死んだのよ！」

「分かってるさ。──そうおっかない顔すんなよ」

「悪かったわね！」

「そう。その元気だ。──行こう」

正一が、ひとみの手を握った。ひとみは、なぜかドキッとした。

門の中へと足を踏み入れる。──唸《うな》る風、光る雷、腹の底に響く雷鳴《らいめい》。

「通俗的な演出だな」

と、正一が笑った。

い。

演出……。ひとみは、何となく、その言葉にドキッとした。

正一の父、並木が、〈幽霊〉という劇団に入っていたと聞いていたせいかもしれない。

「——正一さん」

と、呼びかけたが、強い風で、聞こえなかったようだ。

玄関のドアを開け、建物の中に入る。ドアが閉まると、だいぶ風の音も遠ざかった。

「警察が調べ回ってるから、感じが違うな」

と、正一が言った。

「空気が新しいよ」

「正一さん！　あなた、やっぱりここへ来たことがあるのね」

「お前だってあるぜ。——忘れたのか？」

そう。忘れた。いえ、憶えてる。憶えてるわ！

でも——でも——何があったんだろう？

ここで、何かがあった……。

「正一さん」

「うん？　怖いから帰りたいのか？」

「違うわ。からかわないで」

「並木家とうちと、どうして急におつきあいがなくなったの？」

正一は、答えなかった。

屋敷の中は、もちろん明かりもなく、暗くて正一の表情も見えなかった。

「その内、お前にも分かるさ」

「その内じゃ、いや！　教えてよ」

「しっ」

と、唇に手を当てて、

「大騒ぎすると、幽霊が逃げちまうぜ」

「分かった」

正一は、そう言うと、ひとみの手を取って、屋敷の奥へと、歩き出した……。

過去との対面

「——入って行ったわ」

令子は、カメラのファインダーから目を離して、言った。

カメラには、五百ミリの望遠レンズがつけてある。

「——ああ、重たい」

「君が見る、と言ったんだぞ」

「分かってるわよ。文句言ってやしないわ。重かった、って言ってるだけじゃないの」

「それ、文句だろ？」

と、誠二は言い返した。

誠二の車の中。——あの幽霊屋敷から五十メートルほどの所に、停めてあるのだ。

本当なら、誠二のほうが文句を言っても良かったのだ。

ともかく、雑誌のグラビアの仕事を、令子の電話一本で、パーにしてしまったのだから。

それも、

「何かありそうなの」

という、いとも曖昧《あいまい》な話だったのだ。

それでも、誠二が文句も言わないのは、プロポーズ中という弱みがあるせいだろう。

このぶんだと一生、「プロポーズ中」で終わるかもしれない。このところ、誠二は、半ば本気で、そんな心配をするようになっていた。

ま、それはともかく、

「例の並木正一と、ふたりよ。ひとみさん、どうして私に黙ってたのかしら？」

令子は考え込んだ。

「恋人なんじゃないのか？」

「この間、死んだばかりよ」

「うん。しかし――」

「じゃ、あなたも、私が死んだら、すぐに次の恋人を見つけて来るわけね。――あ、そう。分かったわよ」

「馬鹿」

「どうせ。――じゃ、私、ひとりで行くから」

こうなると、誠二も弱い。仕方なく、風の吹きすさぶ中へと出て行ったのである。

雷が鳴る。

「迫力満点だな」

と、誠二が言った。

「――階段だぞ、つまずくなよ」

と、正一が言った。

「うん」

ひとみも、だいぶ、暗がりの中で、目がなれて来ていた。

しかし、正一は、この中の様子を、よく知っているらしい。暗い中、ほとんど迷うことがないのである。

「――二階だ」

と、正一が言って、足を止めた。

「廊下が左手のほうへ伸びてる」

「ここからどこへ行くの?」

「もうひとつ上さ」

「上?」

「足元に用心して」

正一が、ひとみの手を引いて歩き出す。

廊下も、もちろん真っ暗だが、どこからの光か、かすかに差し入って、その深い奥行きは見分けられる。

奥へ、さらに奥へ。

廊下を進んで行くひとみは、奇妙な胸苦しさを覚えていた。

この廊下——この場所。来たことがあるわ！　前にも、ここへ来た……。

そして、理由の分からない恐怖が、進んで行くにつれ、ひとみの中に、わき上がって来たのだ。

いやだ！　行きたくない！

そう思った。——なぜか分からないが、そう思ったのだ。

「どうした？」

ひとみの足取りが重くなったのに気づいて、正一が振り向いた。

「ううん。——何でもない」

と、首を振る。

「引き返すか？」

ひとみは、ためらった。

しかし、「行きたくない」というのは、ただ、暗くて怖いからではなかった。

それなら、ここまでだって来られなかったろう。そうではなかった。

何か、この先にあるものを、見たくなかったのだ。それが何なのか、分からなかったけれど……。

「行くわ」

と、ひとみは言った。

「大丈夫か?」

「うん」

ひとみは肯いた。

勇一は殺されたのだ。それを考えたら、ここで逃げ出すわけにはいかない!

そう。それに、正一もついているのだから。

廊下の奥まで行くと、右手に、さらに上に上る狭い階段があった。

「屋根裏部屋、ね……」

「そうだ」

ひとみは、その階段の上に見えるドアを見つめた。——そして、

「行ってみましょう」

と言った。

正一が先に上る。ここは、狭いから一緒には上れないのだ。ひとみは、一段一段、踏みしめるように上って行った。

そう、――思い出す。この感覚。

この階段を上ったことがある！

たぶん――そうだ。正一に手をひかれて。

あれはいくつぐらいのころだったろう？

「開けるぞ」

と、正一が言った。

「ええ」

正一は、ノブを回し、ドアを少し開けると、

「お前が先に入れ」

と言った。

ひとみはチラッと正一を見てから、わきに身を寄せる正一と、体を触れ合うようにして、ドアの前に立った。

あのときも、このドアを開けた！

「どうした？」

と、正一が言った。

「何でもない」

ドアを開けたとき、何があったのだったろう？　――何かが――何か見てはいけなかったものが見えたような気がする。

しかし――しかし、思い出せないのだ。

開けるしかない。開けるしか……。

ひとみは、思い切って、ドアをぐっと押し開けた。

雷が光った。天窓から、青白い光が屋根裏部屋を照らし出した。

簡素なベッド。――そこに誰かがいた。

「あ！」

思わず、ひとみは声を上げた。

そうだ！　あのとき、そのベッドの上には……。思い出した！　思い出した！

そして、思い出した後で、ひとみは、あのとき見たものの意味を、初めて知った。

「何だ、てめえ！」

ベッドにいた男が起き上がった。

「キャッ」

と、女が声を上げて、起き上がる。

正一が、ひとみを押しのけて、入って来た。

「何してるんだ、こんな所で！」

と、正一が怒鳴った。

「何だ、てめえは。——ここは空家だぜ」

見たことのない、若い男だった。

「空家だが、ただの空家じゃない」

と、正一がふたりをにらんで、

「殺人があったんだぞ。知ってるのか？」

「人殺し？」

女のほうがギョッとした様子で、

「いやだ！　あんたそんな所で私を抱くつもりだったの？」

「馬鹿！　俺だってそんなこと——」

「早く出たほうがいい。その内、幽霊が出て来るぜ」

「何だって？」

男がベッドから立ち上がると、何かの包みが下へ落ちた。カタン、と音がして、中から転がり出たものがある。

「おい、何だ、その注射器は！」

と、正一がそれに目を止めて、叫ぶように言った。

「お前たち、麻薬を――」

「見やがったな！」

男が、ナイフを取り出した。

正一が身構える。そしてひとみのほうへ、

「逃げろ！　危ないぞ！」

「いやよ！」

「見やがったからにゃ――」

男がナイフを手に進んで来る。正一のほうが体は大きいが、何しろ武器になるものが何もない。

「正一さん……」

「離れてろ」

正一は、油断なくじりじりと横へ動いて行く。男が一歩踏み出そうとしたとき、

「おい、こっちだ」

と、ドアの所で声がする。

ナイフを持った男がハッと振り向くと、とたんにパッと目のくらむ閃光が走って、

「あっ！」

と、男がびっくりしてナイフを取り落とす。

目がくらんで、一瞬何も見えないらしい。

「畜生!」

と、わめいたとたん、ガツン、と一撃。

男はきれいにのびてしまった。

「何だ、弱いの」

と、女のほうがブツブツ言っている。

「先生!」

ひとみは、令子と、ストロボつきのカメラを手にした誠二が入って来たのを見て、びっくりした。

「いらしてたんですか!」

「あなたの様子を見ててね」

令子は肯いて、それから、正一のほうへ、

「ケーキのお味はいかが?」

と訊いた……。

「——あ、あたし、関係ないわよ。そんな男、知らないからね!」

女のほうは形勢不利と見たのか、男を放ったらかして、さっさと逃げ出してしまった。

「ま、いいや」

と、誠二が言った。

「この男のほうは、警察へ連れてかないとね。しかし君らは……」

「ひとみさん、ここに何しに？」

と、令子が訊く。

「ええ……」

ひとみは、正一を見て、

「この人が連れて来てくれたんです」

「正一さん、あなた、まさか――」

「やめてくれよ」

と正一は苦笑して、

「俺はこんな子供、趣味じゃないぜ」

「分かります」

と、ひとみが言った。

「なぜ私をここへ連れて来たか……。私、昔にここへ来たことがあるんです」

「昔って？」

「たぶん……七、八歳のころ」

「そんなもんだったな」

と、正一は肯いた。

「俺とひとみは、家同士が親しくしていたので、よくふたりで遊んだ。——ここはもう幽霊屋敷みたいになっていて、子供にとっては面白い場所だったからね」

「それを、どうしてひとみさん、黙ってたの？」

「忘れていたんです。ここへ来たことがあるってことを」

「じゃ、子供のころ来て以来、ずっと来ていなかったわけ？」

「はい」

ひとみが肯くと、正一が、

「思い出したか？　何もかも？」

と訊いた。

「ええ。思い出したわ。——ありがとう」

「もう、お前も、事実を見つめていい年代だよ」

令子は、ふたりのやりとりに、何か、他人が立ち入ってはいけない秘密のようなものを、感じ取った。

「先生——」

「ひとみさん。話したくなければ、いいのよ」

「いいえ」

と、ひとみは首を振って、

「もしかしたら、勇一君が殺された事件とも関係のあることかもしれませんから」

「じゃ、話してみて」

令子は肯いた。――ひとみは、今は空のベッドのほうへ目をやった。

「私と正一さんがここへこっそりやって来て、このドアを開くと――」

雷が光った。青白い光が天空を突き破るように降って来る。

「そこに、私の母と、正一さんのお父さんがいたんです……」

「何ですって?」

「ふたりが、ベッドで抱き合っていたんです。――あのときの母の顔。並木さんの顔。今、はっきり思い出せます」

「もちろん、ひとみには、その意味までは分からなかったんだ」

と、正一は言った。

「でも、俺にはもちろん分かった。――それ以来、並木家と末川家のつきあいがパッタリなくなったのさ」

「そんなことがあったのか……」

誠二が、カメラを手にして、言った。

「それで、あなたは父親に反抗的なのね」

と、令子は正一へ言った。

「大人同士だものな。浮気するにゃ、それなりの事情もあるんだろ。でも、あれで、俺はひとみにも会えなくなった。――それが腹立たしかったのさ」

「正一さん」

ひとみは、ちょっとびっくりしたように、

「私のこと、そんなに思っててくれたの？」

「誤解すんなよ。妹のように思ってたんだぜ」

「分かってるわよ！」

言い返しておいて、ひとみは正一の頰にチュッとキスした。

「馬鹿！　よせよ！」

と、正一がうろたえている。

「――父が私のこと外国へ連れて行ったのも、その事件を忘れさせるためだったのね」

ひとみは、首を振って、

「一時は忘れても、やっぱり完全には消えてなかったんだわ」

「そうさ。忘れることがいいと限っちゃいないんだ」

と、正一が言った。

「――おい、何か物音だ」

と、誠二が言った。

遠くで、音がする。――コツ、コツ、と足音らしいもの……。

「ひとりじゃないわ」

と、令子が言った。

「あの足音……似てるわ」

と、ひとみが言った。

「似てる？　何に？」

「――あのとき聞いた、『幽霊たち』の足音に」

令子と誠二は顔を見合わせた。

「また集まってるのかな」

誠二が低い声で言って、

「それなら、いいチャンスだ」

「用心しなきゃ」

「男がふたりいるんだぜ。――君も入れりゃ三人だ」

「何よ！」

ケンカしてる場合ではない。——四人は、屋根裏部屋をそっと出て、二階の廊下へと下りて行った。

幽霊の涙

階段から下を覗くと、あの小部屋から、少し明かりが漏れている。

「——またあの部屋だわ」

と、ひとみが言った。

「でも、大胆ねえ」

「この嵐だから、目立たないと思ったのさ」

誠二が、靴を脱ぐ。みんなもそれにならった。足音を立てないように用心しながら、そっと階段を下りて行く。

いちおう、男ふたりが先に立って、令子はひとみの手を握ってやっていた。

小部屋のドアが、細く開いていて、中から声がする。

「——やめるべきだ」

と男の声がした。

あのときと同じだ、とひとみは思った。

あの幽霊の面をつけているのだろう。声がくぐもって聞こえる。

「それは私も言ったんだけれど」

と、今度は女の声。

「警察が乗り出して来ている。よほど用心しないと……」

「私もそう思うわ」

どうやらふたりらしい。――この前のとき、ここを取り壊そうとしている者を殺そうと言っていた男は、来ていないようだった。

「ともかく、もう一度よく話し合って――」

と、男のほうが言いかけたときだった。

ガタン、と小部屋の中で音がした。あの床からの上り口が開いたらしい。

ふたりがアッと声を上げるのが聞こえた。

「――やはりここにいたのか」

その声は、普通の声だった。そして……。

「私に黙って、何をするつもりだったんだ！」

その声に、愕然《がくぜん》としたのは、正一だった。

「あの声……」

と、呟く。

「危険だと言っていたんだ。その通路で、人が死んだ」

「そうとも。私が殺した」

——しばらく沈黙があった。

正二が、突然、飛び出した。誠二が止める間もない。

正一は、小部屋のドアをパッと開け放った。

「——正一！」

背広姿で、そこに立っていたのは、並木長官だった。

「父さん、本当なのか、それは」

正一は、青ざめた顔で、拳を握りしめて立っていた。——誠二、令子、そしてひとみの三人も姿を見せると、並木のほうも顔から血の気がひいて行った。

「さあ」

と、誠二が言った。

「そんな芝居じみた格好はやめましょう。その幽霊の衣装を取って下さい」

小柄なほうが先に面と衣装を取った。

「——おばさん」

ひとみが、目を見張った。並木浩子だったのだ。

「そっちも」

と、誠二が促すと、背の高いほうの「幽霊」が、衣装と面を外す。

「あら――」

令子が意外な顔に、声を上げる。――あの〈倉庫喫茶〉の責任者だった黒木だ。

「――おじさんが、勇一君を?」

と、ひとみは首を振って、

「でも――なぜ? 勇一君のことなんか、知らないじゃありませんか!」

「――あの家の人だろうとは思ってたの」

と、令子は言った。

「あんな所に死体を隠したのは、人目につかずに運び出すために、一時的に隠したとしか思えないもの。改めて、好きなときにあそこへ戻って来られるんだから、やっぱり並木家の誰かしかない、と思ったわ。でも――あなたがなぜ――」

「理由は単純だ」

と、並木は、ひとみのほうへと足を進めた。

ひとみがギョッとしたように、後ずさる。

「ひとみ。お前は――」

と、並木が手を伸ばしたとき、

「やめろ!」

と怒鳴るなり、正一が拳を固めて、父親を殴った。

並木が大きくのけぞってよろけると、ドスンと尻もちをつく。

「それ以上言うと殺すぞ！」

と、正一が叫んだ。

「正一さん。――待って」

ひとみが、正一の腕をつかんだ。

「私、もう十六よ。何もかも知ったほうがいい。何を聞いたって、私は大丈夫」

「ひとみ……」

「私にも――見当つくわ」

ひとみは、床に座り込んで、顎をなでている並木のほうへ歩いて行くと、

「私、おじさんの娘なんですわ」

と言った。

並木は、じっとひとみを見上げた。

「そうだ。――私と、末川の妻との間の子がお前だ」

「そんなに長く――？」

と、令子が啞然とした。

「というよりも」

と、並木浩子が口を挟んだ。

「子供ができたので、朋子《ともこ》さんを末川さんに押しつけて結婚させたのです。末川さんはそのころ、主人の部下だったから」

「しかし、お前のことを忘れたことはなかった」

並木は、ひとみの手をつかんだ。

「気まずくなっても、家を移らなかったのは、お前のそばにいたかったからだ」

「なぜ勇一君を――」

「私が仕事を抜け出してここへ来たとき、彼が見ていたのだ。彼は私たちの話を立ち聞きしていたし、しかも、ひとみの恋人だと分かった……。ひとみをあんな奴にやってたまるか！」

並木の声が震えた。

「――しかし、分からないな」

と、誠二が首をひねる。

「そんな格好をして、ここで何をしていたんです？」

「それはね――」

と、令子が言いかけて、振り向くと、

「逃げるな！」

と、叫んだ。

屋根裏部屋でのびていた男が、いつの間にか、足音を忍ばせて、玄関のほうへと歩いて行っていたのだ。

令子の声で、ワッと飛び上がって、玄関から飛び出した。——とたんに、ドン、と音がして、はじき返されるように、転がり込んで来た。

「——おい、令子、何だこいつは?」

顔を出したのは、大宅警部だった。

「お父さん。そいつ、麻薬を持ってたのよ。今、ちょうど——」

バタン、と音がした。ハッと振り向くと、あの地下道への入り口に、並木の姿が消えるところだった。

「犯人は並木さんなのよ。——向こうに人を誰か——」

「分かった!」

藤沢が駆け出して行く。

大宅は、何だかわけの分からない様子で、

「おい、どうなってるんだ?　誰か説明しろ!」

と怒鳴っていた。

ひとみが、急に力が抜けてしまったように、その場に座り込んだ。

「ひとみ……」

正一が、そっとひとみの肩に手を置いた。

「——おい、どうなったんだ？」

と、大宅が令子をつつく。

「うるさいわね」

令子に肘鉄《ひじてつ》を食らって、大宅はムッとした顔になると、逃げようとしていた男のほうへ、

「貴様！　どこに薬を持ってるんだ！」

と、八つ当たり気味の雷を落とした。

「——麻薬を？」

末川は、大宅の話に愕然として、それから笑い出した。

「警部さん。それは悪い冗談ですよ。並木さんは長官の職にあるんですよ。その人がどうして麻薬の売買なんかに手を出すんです？」

「だからこそですよ」

と、大宅は言った。

——もう、朝になっていた。

外は、ゆうべの嵐が嘘のような、穏やかな晴天だった。

末川家の居間には、大宅と令子、そして末川の三人だけがいた。

「——どういう意味です？」

と、末川は訊いた。

昨夜、一睡《いっすい》もせずに仕事をしていて、ついさっき帰ったばかりというのに、末川は少しも疲れた様子を見せていない。

「つまり、並木の家は、土地ごと、あなたのものになっている、ということです」

と大宅は言った。

「それだけじゃない。並木はあなたから何億円も借金していましたね。長官の地位にいても、彼はあなたに、首ねっこを押さえられていたようなものだった」

末川は、ソファにゆっくりと座って、しばらく黙って考え込んでいる様子だったが、やがて肯くと、

「——何もかもご存知のようですな」

「ひとみさんが、並木さんの子だというのは本当ですか」

と、令子は訊いた。

「そこまでご存知なら……。私の気持ちも少しは——いや、たぶん分かっていただけないでしょうな。私は当時、会社で、彼の部下だった。そして恋人に子供ができたと

いうので、私に結婚しろと押しつけたのです。拒《こば》めなかった私も弱かったのですがね」

「その前から、あなたと並木さんは、同じ劇団にいたんでしょう？」

「そうです。大学の先輩後輩で、学生のころ〈幽霊〉という劇団にいました」

「やっぱり。あなたも団員でなけりゃ、あのマッチの脅迫は意味をなしませんものね」

「マッチの脅迫？」

令子が、脅迫の言葉を書いたマッチを出して説明すると、

「なるほど、それでひとみが、あんなに心配していたのか」

と肯いた。

「並木さんの奥さんも？」

「そうです。彼女も仲間でした。——私も彼女に憧れていたのですがね。しかし、会社員になって、並木からあんな仕打ちを受け、私は、いつか並木を見返してやろうと思ったのです。金を貯めて、独立し、一か八かの商売が幸い、大当たりして……。並木のほうも、学者に転じて、それなりに出世してはいましたが、結局、世の中、金のあるほうが勝ちですからね」

「それで、あなたは並木の家を——」

「買ってあげた、のですよ。何しろ長官の椅子へたどりつくまでに、彼はずいぶん金をつかっていますからね」

「それに、奥さんとの浮気も――」

「ええ。薄々察してはいました。しかし、まったく図々しい男だ、と腹が立ちましたね。並木を無一文にして、私の前にひざまずかせてやろう、と思いました」

「あの〈ファントム〉という喫茶店も、あなたのものですか」

「事実上はね。名目的には並木のものです」

「並木は、あの店を利用して、若者たち相手に麻薬を売ろうと思っとったようです」

と、大宅が言った。

「なるほど」

末川は、ほとんど表情を変えなかった。

「私がそこまで追い込んだ、とでも？」

「違いますか」

「自分でやったことですよ。子供ではない。――彼は、あの若者も殺したんでしょう」

「そうです。今は逃げていますが、遠からず捕まるでしょう」

「馬鹿なことをしたものだ」

と、末川は首を振った。

しかし、その表情には、一種、勝ち誇った印象があるように、令子には思えた……。

エピローグ

ガーガーギーギーとやかましい機械の音がしていた。

布を周囲にめぐらして、取り壊しが始まるところだった。

ひとみは、少し離れた所から、その光景を眺めていた。と、ポンと肩を叩かれて、

「あ、先生。すみません！　時間でしたね」

「いいのよ」

と、令子が言った。

「勉強は机の前だけでするものじゃないわ。古い家が消えて行くのを見ているのも、勉強のひとつ」

——爽《さわ》やかな天気だった。

道を行く人たちが、みんなチラッと工事のほうへ目をやって行く。

「並木さんが、ついさっき自首して来た、って」

令子の言葉に、ひとみは目を見開いた。

「そうですか！」

——大変な騒ぎだったのだ。

何しろ現職の長官が、麻薬の売買をしていたというのだから。下手をすると、首相の責任問題にもなりかねない様子だった。

並木は、この古い屋敷と自分の家の庭に、地下道があってつながっていることを、子供のころから知っていたらしい。

そして、時々、かつての劇団仲間たちが、名前に因《ちな》んだ幽霊の扮装で、ここに集まっていたのだ。麻薬のことを思いついたときここを利用しようと考えたのも、当然のことかもしれない。

実際の売り捌《さば》く役は、黒木が引き受けていたらしい。妻の浩子は、麻薬のことは何も知らなかった、と語っていた。

並木の自首で、すべては明らかになるだろう。

「先生——」

と、ひとみが言った。

「ん？」

「お父さん——私のこと、憎んでるかしら」

「どうして憎むの？」

「だって、本当の子供じゃないんですもの。普通だったら――」

「その人に十六年間、育ててもらったんでしょ？　その間、本当の親じゃないかもしれないって、感じたことあった？」

と、令子は訊いた。

「いいえ」

「人は、そんなに長いこと、演技できないわ。たとえ昔、劇団にいてもね」

ひとみは、ホッとしたように微笑んだ。

「――やっぱり来てたのか」

と、声がした。

「正一さん！」

ひとみが振り向いてびっくりした。

「並木さんが――」

「知ってる」

と、正一は肯いて、

「親父、自首したんだってな。ホッとしたよ」

正一は、見違えるような背広姿だった。

「似合うかい？」

と、少し照れて、

「親父があれじゃ、当分、こっちが稼《かせ》がねえとな。明日からサラリーマンさ」

「頑張ってね」

と、ひとみが、正一の腕を取った。

「ああ。十年たったら大邸宅だ」

「住む所なんて、どうでもいいのよ」

と、ひとみは言った。

「大切なのは、暖かい家かどうか、ってことだわ」

「そうだな」

「それと——幽霊屋敷でないこと」

ふたりが笑い出した。

いや、令子も入れて三人だ。

「正一さん」

「何だ？」

「私と勇一君がここに来たとき、明かりが見えたの、あれ、正一さんでしょ」

「どうして分かった？　——お前が男とふたりで入ってくのを見てさ、邪魔してやろうと思ったんだ」

「いやな性格ね」

「まったくだ。でも、俺たち、腹違いの兄妹なんだぞ」

「そうなのね。——それが残念」

と、ひとみは言った。

「悪かったな」

「だって——結婚できないんだもん」

ひとみは、そう言って、素早く正一の頬にキスした。

令子は微笑んだ。

このぶんなら、ふたりとも大丈夫。

そして、ひとみのキスが合図だったかのように、ズシンという音と共に、幽霊屋敷の壁が崩《くず》れ始めていた。

解説

山前　譲

　この『幽霊のエピローグ』には「幽霊の前半分」と「幽霊たちのエピローグ」の二話が収録されています。タイトルからして幽霊に関係するのは明らかなのですが、ではどんな幽霊話なのでしょうか。

「幽霊の前半分」は大学生の大宅令子のキャンパス生活から始まります。友人の小浜田秀代から「麻野先生のこと、どうなったの?」と声をかけられました。この前の日曜日、麻野先生とドライブに行った時、麻野先生は令子にプロポーズしてきたのですが令子はきっぱりと断ったのです。でもそんなこと、秀代には言えません。

　ふたりは麻野先生の講義がある教室へと向いますが、そこには麻野先生の死体が! 状況は自殺でした。そしてある夜、麻野先生を失ってしまった哀しみを紛らわせていた秀代のそばに停《と》まった車のハンドルを握っていたのは、なんと麻野先生!?

　さらに死が訪れ、ボーイフレンドでカメラマンの新村誠二のサポートを受けながらの、令子の謎解きが始まるのでした。警視庁捜査一課の警部である父の再婚騒動も絡み、令子にもさまざまな危機が迫っていくスリリングなミステリーです。

ここで大宅令子という名前にピンと来た人は、赤川作品の読者のなかでは幽霊通と言えるでしょう。彼女はすでに徳間文庫として刊行されている、『幽霊から愛をこめて』で探偵役を務めていたからです。

雪の夜、山水学園の寮に帰ろうとしていた林田和江が、林の中に白い服を着た怪しい人影を見ます。翌日、その和江の死体が発見されて学園は大騒ぎになります。そんなとき学園に転校してきたのが高校一年生の大宅令子でした。すでにいくつかの事件を解決したことがあるという令子がじっとしているわけはありません。

赤川作品のタイトルに〈幽霊〉がついていると、なんとなくワクワクしてしまう読者は多いのではないでしょうか。というのも、一九七六年に発表された赤川さんのデビュー短篇のタイトルが「幽霊列車」なのですから。幽霊には敏感になってしまいます。そのデビュー作では、ローカル線の列車から乗客が消えていました。まるで幽霊が乗っていたとしか思えませんでしたが、大学生の永井夕子が見事に謎を解きます。

その永井夕子の活躍をまとめた最初の連作集『幽霊列車』が刊行されたのは、一九七八年六月でした。さらに一九七九年十月に『幽霊候補生』が刊行され、翌一九八〇年三月に『幽霊から愛をこめて』が刊行されています。『幽霊から愛をこめて』もまた赤川作品において〈幽霊〉を印象づけた注目すべき作品でした。

そして本書『幽霊たちのエピローグ』が集英社コバルト文庫の一冊として刊行されたのは一九八七年三月です。その七年の間に、高速道路で事故を起こして幽霊になってしまった実業家がその後の展開に驚いてしまう長篇『幽霊物語』のほか、〈吸血鬼はお年ごろ〉シリーズの「幽霊たちの舞踏会」や〈三毛猫ホームズ〉シリーズの「三毛猫ホームズの幽霊退治」などといった幽霊物の短篇が書かれています。

永井夕子のシリーズも『幽霊愛好会』と『幽霊心理学』がまとめられています。あっ、大事な長篇を忘れていました。三毛猫ホームズがドイツの古城ホテルに泊まっている『三毛猫ホームズの幽霊クラブ』です。はたしてホームズは幽霊に反応した？

これで赤川作品と〈幽霊〉との密接な関係は分かっていただけたでしょうか。そして表題作の「幽霊たちのエピローグ」はこれぞ幽霊話というストーリーです。発端が幽霊屋敷なのですから。

その幽霊屋敷をこともあろうかデートの場にしてしまった若いふたりですが、怪しげな会合に遭遇してしまいます。そこではなんと殺人の計画が語られていました。その会合が終わったとき女の子は、窓ガラスに映る白い骸骨《がいこつ》の顔を目撃し……。

一方大宅令子は、末川ひとみの家庭教師をしています。誘われて一家の夕食に同席したのですが、ひとみの父親が幽霊屋敷の噂がある空き家の持ち主で、建て替えの予定のあることが分かりました。令子はテーブルに小さなマッチが置かれているのに気付きます。そこには〈幽霊屋敷を取り壊すのをやめよ。さもないと幽霊の復讐がある〉と書かれていました。その幽霊屋敷が思いもよらぬ過去を暴いていきます。

本書以後も赤川作品で〈幽霊〉絡みのものはたくさんありますが、赤川作品で幽霊となれば今は〈怪異名所巡り〉シリーズでしょう。本物の幽霊が出没するからです。

メインキャラクターの町田藍はバスガイドです。大手観光バス会社をリストラされてしまい、弱小の「すずめバス」に再就職しました。初仕事は本物の幽霊を観に行くという怪奇ツアーでしたが、実は藍は霊感体質なのです。ガイドを担当したツアーで首尾良く(?)幽霊が出たため、藍がガイドする「すずめバス」の怪奇ツアーが大人気となるのでした。すでにシリーズは十冊を超えていますから、「赤川作品で幽霊と言えば町田藍」というキャッチフレーズに嘘偽りはありません。

ここに収録された二作には、事件の背後には複雑な人間関係があります。幽霊たちは驚いているかもしれません。一番怖いのは人間社会かもしれない？　残念ながら大宅令子が登場する作品は本書のあとに書かれていませんが、その快活で怖いもの知らずのキャラクターはじつに印象的です。

二〇二三年十一月

この作品は1987年3月集英社文庫より刊行されました。
なお、本作品はフィクションであり実在の個人・団体などとは一切関係がありません。

徳間文庫

幽《ゆう》霊《れい》たちのエピローグ

2023年12月15日 初刷

著者 赤《あか》川《がわ》次《じ》郎《ろう》

発行者 小宮英行

発行所 株式会社徳間書店

東京都品川区上大崎三—一—一 〒141—8202
目黒セントラルスクエア

電話 編集〇三(五四〇三)四三四九
販売〇四九(二九三)五五二一

振替 〇〇一四〇—〇—四四三九二

印刷
製本 大日本印刷株式会社

ISBN978-4-19-894911-2 (乱丁、落丁本はお取りかえいたします)

徳間文庫の好評既刊

赤川次郎

眠りを殺した少女

昼近くに目が覚めた高校三年生の小西智子《こにしともこ》は、ぐっすり眠ってしまったことが自分でも信じられなかった。もしかして昨夜のことは夢だったのか。膝《ひざ》を見下ろすと、そこにはあの人から逃げようとしてできたあざ。恐ろしくなって何もかも忘れてしまおうとした智子に、大学から帰ってきた姉の聡子《さとこ》が泣きながら言った。「片倉《かたくら》先生……死んじゃった！」誰にも言えない秘密が智子を追い詰める──。